上海地方志外文文献丛书

外 侨 回 忆 录 系 列

· · ·

上海通志馆.................编

在上海长大

一位德国侨民的经历

（1925—1951）

Wolfgang Troeger

[澳大利亚] 沃尔夫冈·特律格尔 著

杨璇 译

生活·读书·新知 三联书店

图书在版编目（CIP）数据

在上海长大：一位德国侨民的经历：1925—1951/（澳）沃尔夫冈·特律格尔著；杨璇译. —北京：生活·读书·新知三联书店，2020.12
（上海地方志外文文献丛书. 外侨回忆录系列）
ISBN 978-7-108-06963-4

Ⅰ. ①在… Ⅱ. ①沃…②杨… Ⅲ. ①回忆录-澳大利亚-现代 Ⅳ. ①I611.55

中国版本图书馆 CIP 数据核字（2020）第 190260 号

Published under the licence of：VVB LAUFERSWEILER
Publishers，Germany；www. Doktorverlag. de
Photo and graphik design：Joerg Stracke，Germany
Photographs by：Wolfgang Troeger，Australia

责任编辑　韩瑞华
封面设计　储　平
责任印制　黄雪明
出版发行　生活·讀書·新知 三联书店
　　　　　（北京市东城区美术馆东街 22 号）
邮　　编　100010
印　　刷　常熟市文化印刷有限公司
版　　次　2020 年 12 月第 1 版
　　　　　2020 年 12 月第 1 次印刷
开　　本　880 毫米×1230 毫米　1/32　印张　7.5
字　　数　170 千字
定　　价　29.00 元

作者和他的妻子 Heather（摄于 2010 年）

总　序

　　鸦片战争至 1949 年新中国成立之前的一百多年间，曾经有数量相当可观的来自世界各地的外国人生活在中国。据研究，仅上海一地，数量最多时达 15 万人，国籍达 58 个。他们的身份有的是商人、传教士、医生、律师、会计师、教师、记者、职员以及小店主、港口的引水员等等。此处统称为"外侨"。

　　外侨在中国的生活和经历也各种各样。在近代中国，外侨是一个复杂的、多面的存在。一方面，他们多来自欧美国家，居住在中国上海、天津、汉口等口岸城市的租界，享有治外法权。他们的存在使得近代中外关系更加复杂化，同中国人之间的摩擦、矛盾，往往导致严重的外交事件。但是在另一方面，对于近代中国历史发展而言，外侨又具有独特的地位，他们是近代中国诸多重大事件的亲历者或见证者，对近代中国口岸城市的现代化乃至于近代中国社会的变迁，发生过潜移默化的影响。可以说，他们本身即是中国近代历史的一个构成部分，或者说他们也参与了近代中国的历史进程。不仅如此，他们还同近代中国加入全球化的进程紧密相关，他们的存在，本身即是中国加入全球化的一个表现。因此，外侨是中国特定历史时期出现、具有特殊地位和影响的一个群体，值得研究者重视。

　　自 20 世纪 80 年代以来，学界已有一些与外侨相关的学术研究成果问世，相关的研究资料，如日记、回忆录等，也相继整理出版，如顾长生先生关于马礼逊、李提摩太等传教士的研究，高晞教授关于医学传教士德贞的研究，以及陈绛先生关于晚清时期长期担任中国海关税务司的赫德的研究，均为其中具代表性的成果。但是已有的这些研究主要集中在那些有重要影响的或者是著名的外侨，而普通的外侨似乎还未受到足够多的关注。特别是 1949 年前后，外侨相继离开中国，流散到世界各地，他们似乎也就此从中国历史中消失了。

　　但是离开中国的并未就此完全断绝与中国的联系。在离开中国之后，不少外侨相互之间还保持联系，在美国、德国、法国、澳大利亚建立联谊会之类的组织，不时聚会。这些外侨多有几十年在中国的生活经历，有的就出生在中国，他们对自己出生和长期生活的地方，有强烈的归属感。有的在耄耋之年，重返回中国，故地重游。2017 年 4 月，部分尚健在的外侨就曾受邀来上海，参加上海社会科学院创新工程"城市史"研究团队主办的"近代中国口岸城市外文文献调查与研究"研讨会。会上，来自美国、加拿大和法国等国的外侨同与会学者分享了自己和家族的"中国故事"，还向与会学者提供了部分目前尚健在的部分外侨的相关信息。特别是在这次会上，会议的主要召集者、时任上海社会科学院历史研究所研究员的王敏女士获悉不少外侨在海外出版了自传或者回忆录，有的还留下了录音、录像等各种形式的口述，因此萌发了发掘近代外侨史料，并将其翻译、出版的想法。这就是"上海地方志外文文献丛书·外侨回忆录系列"的缘起。

　　"上海地方志外文文献丛书·外侨回忆录系列"收录已刊或未

刊的近代外侨的自传、回忆录和访谈（根据录音整理）等。这些作者有的是 19 世纪后期即来中国，有的是在 20 世纪初或二三十年代来中国，也有的外侨就出生在中国。他们都有长期的中国生活的经历，比一般的西方人更了解中国，但又拥有西方人的视角。因此，他们观察中国，自然具有另一种眼光。中国人习以为常的方面，他们往往会详加记载。他们对中国，对中国人、中国社会以及中国文化的各种观感与评论，可能常常比较直观，但往往具有旁观者的独到之处。因此，这套丛书具有其他中国近代史研究史料所不具备的独特价值。此外，无论是自传、回忆录，还是访谈，均为作者的亲身经历，故事性较强，具有可读性，因此本套丛书亦适合普通文史爱好者阅读。

王 敏

2020 年 7 月 27 日

目 录

第一章　1925 年—1932 年

1925 年 11 月 28 日凌晨 2 点，在位于中国上海法租界亚尔培路①的家中，我呱呱坠地了。

我在世界这一端的生活即将展开。我的双亲跨越半个地球，从德国萨克森州莱比锡来到了这里。我亲爱的父亲沃纳·特律格尔（Werner Troeger）是一名机械工程师，供职于礼和洋行（Carlowitz & Co.），许多德国公司的进出口业务就是这家公司代理的，其中就包括欧洲最大的钢铁公司克虏伯（Krupp）公司。1923 年，父亲申请调至"东方的巴黎"——上海工作，他担任公司技术部门的负责人。

我亲爱的母亲伊尔丝·格特鲁德·希茨霍德（Ilse Gertrud Hietschold）是一名建筑师的女儿。1924 年，她跟随未婚夫来到上海。次年，他们结婚了。为了迎接我的降生，他们一起幸福地安好了家。

1927 年，克虏伯通过礼和洋行，并且在德国军事顾问的协助之下，装备训练了一支 35 万人的中国精锐部队，为其配备了当时最先进的武器，使得蒋介石有足够信心向日本侵略者显示他已做好了

① Avenue Roi-Albert，今陕西南路。（注：本书注释除特殊说明外均为译注。）

父亲在一座寺庙前

我们的第一个家

礼和洋行一隅

抵抗的准备，将与他们决一死战。同时，这也让蒋介石在与日益壮大的共产党的博弈中获得了优势。

上海是远东最大的港口，拥有 300 万人口，其中心地带由殖民当局管理。英国人管理"公共租界"，法国人管理"法租界"，前者大约占地 2500 公顷，后者则约为 1100 公顷。中国人管理的广大工业区域，像闸北、老城厢（Nantao）、徐家汇和浦东等，都环绕在外国租界周围。

这两个外国租界的起源要追溯至 1842 年的中英鸦片战争，可以说是那次战争的间接结果。那时，英国人推行炮舰政策，强迫中国进口鸦片。敌对状态发展成一次短时间的战争，英国赢得胜利后，强加给中国一份条约。条约赋予了英国在中国主要沿海口岸自由贸易的权利，尤其是华南的广东以及处于沿海中部的上海。作为赔偿，英国人得到了香港岛①；此外还租占了 221 个较小的岛屿和毗邻大陆的一部分"新界"，租期自 1898 年开始，长达 99 年。

其他西方国家成功地与中国达成贸易协定，尤其是德国，获得了殖民青岛的特权。青岛位于上海与北京的正中间。德国人将青岛建设成了一座美丽的城市，他们开发了港口，在山东省内获得了丰富的煤炭。时值 1900 年，中国人开始抵制不断增长的外国人口和欧洲国家施加的影响，这些国家就包括英国、法国、美国、日本和德国。著名的"义和团运动"演化成了一场暴动，席卷华北。但凡跟外国有一点关联，都会被义和团摧毁，被摧毁的包括传教士、教堂、白皮肤的欧洲人等等。数十名信奉基督教的中国人以及两名德国传教士遭到了无情杀害。在一次肆意屠杀中，义和团洗劫了北京

---

① 直译：芳香的港口。——原文注

的街道，杀害了街上所有看上去像外国人的人，德国公使便是其中之一。北京的外国使馆将外交使团以及一些信奉基督教的中国人集中安置在一个院落里。共计 2000 名男女妇孺遭受了义和团的野蛮攻击，250 人惨遭屠杀。义和团还试图围攻了那个院落。

德国公使遇害使德国政府尤为恼怒，他们决意要实施报复。于是，英国、美国、日本、法国和德国聚集了 6 万人之众，在德国陆军元帅瓦德西的率领下，毫不留情地消灭了义和团的狂热行动，歼灭了数千人。为时九个月的暴动遭到终结，报复成功。

义和团所谓的"拳手"是大型秘密组织的成员，他们会进行一些操练，其中一项就是中国拳术。这便是缘起。

青岛坐落在山东半岛，与朝鲜隔海相望，德国人在这里建造了防御工事，包括地下的军需铁路交通系统，这个交通系统战略性地通向港口。"中央炮台"近似于马其诺防线，但是配备了更大更重的圆顶加农炮，加农炮布置在两层楼的加固水泥建筑中，朝向外面。衙门山炮台①的两门重型榴弹炮和伊尔梯斯山②炮台的克虏伯 24 厘米口径加农炮加强了前往港口道路的防御。第一次世界大战伊始，60000 人的日本军队歼灭了 5000 人的德国驻军，且不顾中国政府宣布的中立状态，在次年强迫中国政府交出德国殖民地。然而，在 1922 年的一次国际会议上，日本迫于压力将青岛归还给了中国。风雨飘摇，1938 年，青岛再次遭到日本入侵。1945 年 8 月，第二次世界大战即将结束时，这个几经争夺、有着丰富煤矿资源的半岛终于回归中国。摇摆不定的事态终于回归宁静。

---

① Ya-men Fort，或者叫鱼山炮台，德军称青岛炮台。
② 德占时期，称其"伊尔梯斯山"，建有炮台，中国政府收回青岛后定名"太平山"，是青岛市区第一高峰。伊尔梯斯山炮台（Iltis Fort），即太平山炮台。

中央炮台的一部分

伊尔梯斯山炮台

居住在上海的大部分外国人在其使领馆的庇护下拥有治外法权，这些外国人主要是法国人、英国人、德国人、美国人、荷兰人和比利时人。一些大国建起了自己的社区，里面有学校、教堂、大学、俱乐部和公园等，在这个距离故土半个地球之远的地方，建造了富含本国文化的替代品。1900 年至 1925 年，这二十五年间，轮廓单调的中式黑黏土房顶逐渐转变成欧美风格，此外还出现了完全不似中国建筑的高楼和大型公寓街区。街道两旁栽种着富有情调的法国梧桐，尤以法租界的街道为甚，这些树和街道本身的外文名字一起给城市增添了几许欧洲风情，像贝当路①、霞飞路②、亚尔培路、爱多亚路③、辣斐德路④、极司菲尔路⑤、静安寺路或涌泉路⑥等，都在此列。

德国人社区已恢复至战前水平，人数达 2500 人，大部分是公司职员及其家属，主要来自克虏伯、西门子、博世、拜尔、德国莱茵金属公司（Rheinmetall-Borsig）和其他公司。

外国人社区都拥有本地印刷发行的报纸以及银行金融设施。

德国人街区建起一座四层教学楼，有着宽大的现代风格的窗户，此外还有一个美丽的附属幼儿园。德国广播电台⑦早在第二次世界大战之前就已经开始运转了，它能够同时发送长短波，就设在附近的信息中心里。

为了推广机械工程和制药专业，德国人创办了同济大学，这所学校已经发展成为中国最受欢迎的高等学府。让我印象最深的是，学生们用中文就机械专业的相关事情进行交谈，并引用了德语的汽

---

① 今衡山路。
② 今淮海中路。
③ 今延安东路。
④ 今复兴中路。
⑤ 今万航渡路。
⑥ 今南京西路。
⑦ 又名"德国电台""欧洲广播电台"，台址在大西路（今延安西路）3 号德侨总会内，由德国驻沪领事馆新闻处主办，呼号为"XGRS"，是德国政府在上海的宣传机关，1945 年 5 月由侵华日军接管。

贝当路上的毕卡地公寓

车技术专有名词，比如"Pleuelstange"①、"Düseneinspritzung"② 等
等，真是有趣极了。我们的校园有 200 米的椭圆形煤渣跑道，跑道
旁是一座设计精美的路德会（Lutheran）教堂。教堂内部宽敞，有
着圆形的楼厅，同一层还有座讲坛。四角的钟楼里有两间瓮室，六
层的砖石结构让五只巨钟发出的声响阵阵回荡，带来不可思议的雷
鸣般的和声。在三层圆顶前厅门口附近，伫立着一座七米高的铜制
纪念碑，让道路增色不少。纪念碑上方有巨大的裂开的船桅，其上
悬垂着麻绳和破碎的凯撒鹰旗帜。1896 年，德国的"伊尔梯斯"
（*Iltis*）号炮舰遭遇台风触礁沉没，74 名船员中有 71 人不幸丧生。
这个纪念碑即是为了纪念此次海难而建。

　　18 个月大的时候，我得了热带贫血病，吃不下任何东西，只能
用管子往食道里硬塞东西，这让人很难受，也没有任何效用。食物
刚被压下去就会立即再喷出来，混合着菠菜、胡萝卜、大头菜等的
喷射物溅到了壁纸上，斑斑点点形成了全新的图案，我们的镶花地
板也变得跟猪圈一样。所有的努力最后都成了灾难，我的体重持续
下降，这让我们的家庭医生不得不使出最后一招：即刻改变周遭的
气候环境。母亲立即带着我登上了返回欧洲的第一班船，而此时莱
比锡正值多雪寒冬，似乎对我们并不欢迎。随着气候环境的变化，
我很快康复了，但染上了中耳炎。

　　奥特曼斯多夫（Ortmannsdorf）是位于萨克森的一个小村庄，我在
这里的农场住了几周。弗里茨（Fritz）叔叔非常喜欢我，他在我的小
脑袋里留下了深刻的印象。他鼻梁上架着保罗·列农（Paul Lennon）

---

① 德文"连杆"。
② 德文"喷油器"。

德国路德会教堂

我们的学校和教堂

我和同班同学在"伊尔梯斯"号纪念碑旁

我的母亲和弟弟在"伊尔梯斯"号纪念碑旁

同款的圆眼镜，戴着一顶提洛尔式尖顶帽——上面装饰着高高竖起的野鸡羽毛，留着撇八字胡——在这里叫作"Kaiserschnurrbart"[①]，嘴里还叼着一个 S 形的金属烟斗。弗里茨叔叔的确仪表堂堂。

我与阿姨、叔叔和表兄弟们一起在这里度过了两年的美好时光。一直以来，我让自己表现得像一个模范儿童，他们是这样告诉我的。我的卡希（Käthe）阿姨容貌出众，有着乌黑的秀发和绿色的瞳孔。奥托（Otto）姨夫是一位严谨的银行经理，不允许我有任何胡闹。不过在母亲的庇护下，我肆无忌惮，有时也让母亲不胜其扰。有一次在电车上，我把一位女士帽子上的绢花给弄了下来，让其他乘客都笑不可支。

很快就到了该返回中国的时候，我们登上了"萨尔布吕肯"（Saarbrücken）号豪华客轮。为期四个星期的航程中，我和不同国家的小朋友一起玩耍，他们来自德国、荷兰和英国。抵达上海后，我学会了四种语言，其中之一是中文。受"阿妈"[②] 的影响，中文已然让我的德语不那么纯正了。我那一口夹杂各种语言的胡言乱语谁也听不懂，因此父母开始严格要求我必须说母语。

在上海的社交生活主要局限在外国人社区之内，可以说是极为Gemütlichkeit[③]，除了晚宴和茶会之外，还有在德国"Gartenklub"[④]里的活动，这家俱乐部拥有保龄球和网球等设施。一家城市俱乐部为商业人士的午餐时间提供场所，俱乐部里不仅有图书馆，还可以

---

① 德语"凯撒胡子"。
② 指中国保姆。
③ 舒适，德语。
④ 花园俱乐部，德语。

在这儿玩一种名叫"斯卡特"①的游戏，并享用一杯啤酒。宽松的工作时间上午9点开始，下午5点结束，其间包含两小时的午餐休息时间，这让父亲有机会可以溜回家小憩半小时，这是那段时间对抗压力的最好办法。

家庭主妇们，更准确地说，女主人们只能在家中活动，举办茶会或者桥牌会。这些令人愉悦的活动并没有受到繁重家务和成堆碟子的妨碍，小孩子也一直有人妥当照顾。一般来说，这些西方家庭都会雇用三名用人。大一些的房子会有两名男仆、一位阿妈和一名杂役。

男仆负责每天在固定的杂货店和肉店采买食物，所有采买都是挂账，由供货商仔细记录在一个小小的硬抄本上，月末进行结算。男仆不经手现金，因为他会中饱私囊。这也不难理解，他每月工资只有30块钱，在战前这仅相当于20美元，如果家里有妻小的话，这样的收入很难维持生计。我家里有两间非常小的用人房——在房间底层通往酒窖的过道旁，房间里能放得下一张约1.5米的单人床。当然，这间房仅供周内过夜用。在用人休息的时候（通常是周日），他们会回到位于华界那边的小村庄，和家人一起度过。

有时，他的妻子会在我们家住上一两晚，和他挤在那狭窄的床上，想必是很不舒服的。那张床只有四块狭窄的板子架在两个标准宽度的锯马上。躺在这样一张非正常尺寸的"铁板"上几乎是不可能的，但是如果两人手足相抵——希望另一个人的双脚够干净——还能躺得下，这种睡法在下人当中相当普遍。对多数中国人来说，内置弹簧的床垫太过柔软昂贵。那些惹人注意、色彩缤纷、拼凑而

---

① Skat，一种流行于德国和西里西亚地区的牌类游戏，适合三人或者更多人。

成的棉被不使用的时候就堆在床头。

男仆也帮忙准备每天的伙食。一开始，是家庭主妇教他们如何备餐，比如如何烹制烤鹅，如何将水煮土豆或是压碎的生土豆和一块辣根酱腌猪肉做成土豆饺子。一场盛大的晚宴需要厨房所有人帮忙，包括杂役、阿妈，有时也有男仆的妻子，当然还有女主人。

盛宴开始了。我耐心地在楼上徘徊，热切地盼望着，等客人们去休息室之后就可以潜进餐室了。我立即扑向了那些酒杯，囫囵吞下剩下的食物，不过有时会因为"微醺"而很难回到楼上。

我们家的杂役住在另一间用人房，他负责打扫整栋房子。清晨5 点，他会烧热厨房 2 米高的锅炉，通过高压来提供热水。冬天时，他需要不断地将焦炭铲进位于地窖的 3 米高的巨大炉子里，来维持中央供暖系统。虽然平均温度很少跌至冰点以下，但是颇高的湿度让人极为不适。杂役的另一项工作是每周擦亮地板、走廊、楼梯并为之上蜡，以及保持窗户清洁。此外，他还需要每天都保持洗脸盆和浴缸的清洁。所有这些繁重的工作只能为他带来男仆一半的收入，微薄之至。

阿妈的职责包括当保姆、换尿布、给孩子们喂食、缝补、编织以及洗衣服。她会伏在浴缸边，用搓衣板来回搓洗，最后再用木炭熨斗将衣物熨平。

家庭主妇，或者说家里的女主人，除了需要一直指挥着仆人们之外，大部分时间都贡献给了社交活动。母亲告诉我，那会儿是阿妈推着手推车里的我，带我到华界的徐家汇去玩。我只有 15 个月大，回来时，一直念叨着"heads kaputt，砍头啦，all kaputt"①。后来，父亲

----

① 德文"头破了"，"全都破了"。

我的一位阿妈

坐在独轮车上的我

惊恐地发现原来我说的是水沟里带血的人头。当时，砍头是对仍然留着辫子的人的惩罚。当然，像这样残忍的惩戒在外国租界是严令禁止的。

为了给入学做准备，我6岁时进入幼儿园学习了一年。幼儿园的格蕾琴（Gretchen）老师最让我难忘。此外还有我一生的挚友罗尼（Ronnie），他现在是位非常成功的摄影师，跟我一样定居在澳大利亚布里斯班。这世界真小，他就住在距离我15分钟车程的地方。罗尼最好的朋友叫保罗（Paul），他在战争后便杳无音信。46年来，持续寻找老同学的努力最终还是落空，直到罗尼的妻子在当地电话簿上发现了他的名字。她当时认为可能是同名同姓的人，但后来证实这个人就是保罗。160个国家，10000个城市，这绝不仅仅是巧合。

1932年，我入学了。为了庆祝此事，父母送给我一座一米高的棒棒糖塔，还有其他小玩意儿。这是一项古老的德国习俗，也许是为了缓解上学第一天那让人泪流满面离别的创伤吧。

在念书这件事上，我一路奋战到了1942年。我绝不是个模范学生，高中不得不留级两次，这让父母失望不已。虽然在音乐和体育方面表现出众，但不幸的是，我却不能像帕瓦罗蒂或纽瑞耶夫①一样靠唱歌跳舞功成名就。不擅长历史、地理和拉丁语对我也没什么影响，我只是讨厌上学，但并不排斥上学带来的乐趣。

宗教学习也是课程的一部分。班上有6名路德宗教徒和1名天主教徒，而我们的老师则是一位福音派教徒，这太有趣了。每隔一年，一位天主教神父会负责教授宗教。在他看来，所有的路德宗教

———————————

① Nureyev，苏联芭蕾舞演员。

徒都是异教徒。除了那位天主教徒同学外，我们其他人只能忍受低分和学校成绩报告单中对我们糟糕的评价。

我们的牧师极为和善，他很乐于成为"我们当中的一员"，反复强调教会象征着平安喜乐之所在。有一次，他说并不反对我们在室内踢足球，但随后又略显尴尬地表示无法原谅我们踢到圣餐杯或是砸破精致的教堂窗户。同学们都很尊敬他，将他视作我们的光辉典范，因为牧师在来上海前曾是普鲁士冠军足球队的一员。

1931 年至 1933 年间，日军侵略了中国的东北地区，随后建立了实际是傀儡的"满洲国"，这一举动也是日本企图征服华东沿海地区的前奏。

第二章 1933年—1938年

12名礼和洋行职员成为租界内法国警察部门一支特殊小分队的志愿者,我的父亲也在其中。街头持续增加的骚动让这项措施显得尤为必要。某天,父亲穿上了制服,还戴上了一顶法式头盔,这把我们吓了一跳,而且一开始我们没认出他来。法式头盔根本不适合父亲,他告诉我们,第一次世界大战期间,他在伊普尔和索姆[①]的战壕服役,曾朝着戴这种头盔的敌人开过枪,现在戴上同样的头盔,他感到有点不自在。

两年后,这支志愿者队伍合并进了公共租界的警察队伍,这次他穿上了英军的制服——没有头盔。这支特殊的队伍每周进行两次打靶训练,允许队员将手枪带回家。父亲的枪总是上膛,有一天,他的手枪意外与同事不上膛的手枪调换了,他的同事佯装吓唬他的太太,隔着四米远拿枪指着她,并扣下了扳机!幸运的是,子弹只是擦过了他太太的头部,但这也把他吓得半死。

1933年,德意志第三帝国成立,即便是远隔半个地球,这也给德国人社区的管理带来了变化。在一次官方庆典上,纳粹符号替换

[①] 伊普尔(Ypres)是比利时的一座城市,第一次世界大战期间,这里处于德法战争的重要战略位置,发生过多次重要战役;索姆(Somme)是法国一省份名字,"索姆河战役"发生在这里。

礼和洋行警察分队

穿着警察制服的父亲

下了黑白红横条纹的国旗。

次年，兴登堡总统去世，他在去世前刚任命希特勒为总理。在他的追悼仪式上，巨大的花圈和真人大小的半身像装点着礼堂的舞台，小小年纪的我深受触动。

过去几年里，蒋介石领导下的国民政府与共产党之间的矛盾逐渐激化，在 1934 年达到顶点。这一年，共产党的农民队伍在毛泽东的领导下，集结在中国南部，并稳步地向西北地区进发，多达 10 万人。长征持续了一年，路程达 11000 公里，其间的诸多艰难困苦让这次征程在历史上显得无与伦比。农民群体不仅遭受饥饿和疾病，还一直饱受军阀的战祸。虽然最后只有几千人走完了全程，但是在途中约有 10 万人因同情而加入其中，这 10 万人也成为这支队伍日后的生力军。

另一方面，1935 年年末，日本人做好了随时跟中国开战的准备。国民党此时内忧外患，同时面对着日本人和共产党，无从决定应该先应对哪方才好。

国民党内一些高级将领同情共产党，他们拘留了领袖蒋介石，胁迫他同意与共产党停战。

新成立的民族社会主义德国工人党（NSDAP，"纳粹"是它更为人所熟知的名字）东亚支部，开始通过成立各种政治组织来进行政治上的管理。新时代到来后，250 个强有力的组织登上舞台，其中包括冲锋队（SA，Storm Division or Storm Troopers）、自卫队和希特勒青年团（Hitler-Youth），此外还有德国少年团（Jungvolk）[1]和德国少女联盟（BDM）。议会大厅有着大大的窗户和平坦的房顶，

---

[1] 初级的希特勒青年团，10 到 14 岁的男孩参加。

这是第三帝国的建筑特点，里面能容纳 400 人。除了公务活动之外，这里还放映电影和来自战地的新闻片。

10 岁时，希特勒青年团的支队长——他也是我的体育和地理老师，游说我加入德国少年团。我拿到了一张表格，得让父亲签署同意才行，可他直截了当地拒绝了，告诉我他反对纳粹的政策。我心想："父亲真是疯了，难道他是个叛国者!?"我反驳道："为什么不行呢，我所有的同学都加入了呀！他们在乡下玩战争游戏，进行列队和耐力训练，明明都很有意思！"父亲还是断然拒绝。但是几天后，纳粹党寄来了一封信，让他"二选一"：要么让我加入少年团，要么在礼和洋行的工作不保。

太棒了，这就能行了！我开心地翻了一个后空翻，极度兴奋，迫不及待地想穿上那有镀铬皮带扣的制服，皮带扣上饰有浮凸的纳粹雄鹰的图案以及"鲜血与荣誉"的字样。兴奋归兴奋，母亲得立即在我衬衫左边袖子上缝上一个三角形来代表我的分区，即"上海地区"，否则的话，在列队中会显得突兀。我还想要戴上有希特勒青年团标志的臂章，臂章上有着白色的条纹，不过这得等我到 14 岁加入正规军后才能获得。

每周五，我们在学校操场上不断地进行各种行军训练，直到我们感到厌恶不已。少年团的最高司令官决心要拯救我们这群废物，重整我们半数的不协调性。"立正"口令后，他对我们咆哮："看看你们这帮窝囊废，你们这帮人都是没用的人，全部都是，比烧焦的母猪还要差劲。我说'achtung'①的时候，我希望看到每个人都挺胸收腹、夹紧屁股。你们这帮无可救药、没出息的废物！"

---

① 德语"立正"。

　　我当时就快要哭出来了，所有的辛苦都值得吗，就为了这套制服？如果在操练技巧方面没取得进步，你就得经受煤渣跑道的"碾磨"。我们得尽全力奔跑，然后听从指令，纵身扑倒在跑道上，用手肘拖动身体向前。接着站起来继续奔跑，再"碾磨"六次。我的膝盖、手肘和大腿都因为碎石挫伤而流血了，制服被撕扯得破破烂烂，新鞋也被磨坏了。回到家，我精疲力竭。严酷考验不算什么——因为作为一名少年团团员绝不能退缩，只是我的镀铬皮带扣有了一些刮痕，上面的"鲜血与荣誉"几乎无法辨认出来了，这实在有伤我的骄傲！

　　母亲看到我的时候，她双手抱头说道："可怜的孩子，你怎么了，是不是被车撞了?!"我看起来就像被车撞了一样，但是我感到很自豪，我的胸、腹和屁股都在我的控制之下。很多父母都满腹怨言，换新的制服需要额外的支出，而且许多父亲因宝贝儿子受罪而心疼不已。

　　1935 年，因为父亲够格休六年一次的假期，我们全家在德国度过了四个月。家里的其他人在全国各处旅行，但是我就学并没有中断。我在巴特布兰肯堡（Bad Blankenburg）的一家寄宿学校上学，这家学校位于萨克森州美丽的图林根森林。学校的"外国同学"都说我是"没辫子的中国人"。

　　我仍然记得，头三个月是我人生中的"受刑时间"。一夜之间，我成了那个格格不入的人，他们在背后攻击我，而我不得不忍受嘲笑甚至是丑化，这些从早上 6 点就开始，一直持续到晚上就寝时间。每间寝室住了 4 个男孩。某天清晨，我从睡梦中惊醒，发现 2 个室友将我压在床上，另一个室友重重地坐在我的鼻子上……这是我 10 岁前最受创伤的经历。相形之下，上海有点难闻的气味都显得清新无比。噢，我是多么想回到我出生的地方啊！

有一次，学校组织参观当地的博物馆，里面有 20 个人偶，穿着不同国家的民族服装，从苏格兰到日本都有。老师想要考我们，看我们是否能正确辨认出来。作为小测验，老师喊出国家名字，学生们就指向那个穿着相应国家服装的人偶。当老师说出"中国"之后，所有人都齐刷刷地指向了我。

最终，我激起了一位 14 岁高年级生的同情心，他自认为是我的守护天使，保护我不受欺侮。但凡有人稍微过界一点，只要我牵涉其中，不管是不是挑衅侮辱，他立即从后面踢他们或是用手指戳他们脖子和下巴间柔软的那个部分，就在耳垂下方。这样做简直有奇迹般的效果，我看到那些人公牛般的号叫自然感到心情舒畅。现在，每个人都得尊敬我这个"小中国人"，这真是一级棒！

在"本地人"学校的生活很快就结束了，我数着日子期待着阿姨来接我。我已经受够了，现在很怀念上海的同学们。我的结业证书上的结果看起来很糟糕，也不失为对我感受的总结，除了历史是"不够好"、英语是"良好"外，其他全部都是"合格"。那个陌生的环境让我无法集中注意力，这很好地解释了我一塌糊涂的成绩。

当时，莱比锡的黄油严重短缺，但是阿姨在巴特布兰肯堡却能轻松拿到 2000 克这种珍稀物资。在重整军备的时代，"要大炮不要黄油"的口号变得十分普遍。

公园和足球场上的军事活动让年幼的我心驰神往。我对军事训练很着迷。穿着全套军服的行军、纪律，还有所谓的"碾磨"，这些都让我联想起在希特勒青年团里当少年队员①（10 到 13 岁）的

---

① Pimpf，希特勒青年团里最小的分支，6 到 10 岁的男孩在青年团里当学徒。

日子。当我看到一辆无人驾驶的边三轮摩托车在无线电操纵之下行进时，我完全失语，不知所措。

我们剩余的欧洲假期是同亲戚们一起度过的，和我的表兄弟们在一起的日子真令人难忘，尤其是我们驾驶单座"Holländer"的那段时光。这台奇妙的装置有四个轮子、手动的驾驶系统，两腿和脚刹之间有根竖杆，有推手可以推动和横拉，开着下坡时尤其过瘾。

在巴特布兰肯堡的糖果商店里，我发现了我最爱的甘草糖，可是这种甘草糖却没有我熟悉的强劲味道，它像扁平的意大利面一样，能小口咬或舔上一个礼拜！然而，我不得不将这些全留在德国，父母坚决不同意我将这些黑色甜美的甘草卷装上半个箱子！

其他所有记忆全都被寄宿学校的"折磨室"毁了。现在是时候跟我另一个 Heimat① 说再见了。直到 1994 年，我们上海同学在柏林重聚，我才在 59 年后回到这里。那时遍及世界各地的 200 名同学前来庆祝德国凯撒学校②的一百周年校庆。

1935 年年末，我们在不来梅港搭乘北德意志劳埃德公司（Nord-Deutscher-Lloyd）的豪华蒸汽船"沙恩霍斯特"（Scharnhorst）号踏上归程。为期三个礼拜的旅途颇有意思。一位精神状况不太稳定的年轻女性在光天化日下试图跳船自杀。船掉头往回开，救生船上的船员们顶着大浪奋力将她救起，而她却极力挣脱。她消失了两次，第三次的时候，一名水手恰巧抓住了她的头发将她给拉了上来！

亲爱的父亲在船长晚宴时，不幸成为恶作剧的受害者。有人将

---

① 德语"家乡"。
② Kaiser Wilhelm Schule，上海的德国人学校，坐落在大西路，今延安西路。

盘起来的纸做成蛇的形状，放在他餐巾下面，这让他受到惊吓，好几天说不出话来。

船上的一个玩伴炫耀他的电动新玩具，这个玩具是我们一起严格按照说明书组装的。其中一条电线必须接地，这真把我们给难住了。在一艘航行于茫茫大海的铁船上，我们究竟上哪儿找"地面"去。最终，问题还是解决了，我们将电线接入了装满泥土的花盆，可是始终不明白玩具上该闪烁的地方为何总也不亮！

船停靠在埃及的塞得港港口时，旅客们将硬币投入水中，一些孩子纷纷跳水去捡。带着成堆的丝织品和珠宝前来的当地商人，升起他们脆弱小船的船桅，聚集到蒸汽船下层甲板来。一位旅客因为一曲歌谣而买了一件漂亮的丝质绣花衬衫。船驶回公海后，他打开了玻璃纸盒，看着新买的衬衫目瞪口呆，领子和袖口巧妙地缝在恰当的地方，但是其余部分全都塞着报纸。

埃及商人以善于欺诈闻名。第二次世界大战末期，一名澳大利亚士兵以极低的价格买了瓶"白马"威士忌①，将这瓶珍贵液体耐心存放了十年。十年后拿出来喝时才发现，他珍藏了十年的只是一瓶茶水而已，同伴们都目瞪口呆。

"聪明"的中国人也会欺骗纯良的外国人，比方说，我父亲就以"不可思议"的低价买了一瓶"尊尼获加"威士忌，酒瓶上标签齐全并且封印完好。在一天充满压力的工作后，父亲喜欢喝上两三杯威士忌苏打。当男仆送上威士忌时，父亲闻到了令人抽搐的气息，这让他眼盲了三天。经检测后发现，瓶子的液体里含具有毒性的甲醇。有人在瓶子底部切割了一个圆洞，原先的威士忌已经被巧

---

① 一种苏格兰混合威士忌。

妙地从瓶内排出，新的液体就从这个圆洞灌进去，然后通过一种神奇的熔铸方法重新补上这个洞。唯一的线索是细线一样的精妙切割线。

还有一桩欺诈事件值得一提，一名游客在香港买了台录像机，回到澳大利亚后，发现纸箱是空的，里面全是报纸包裹的黏土砖。

1936 年，德国柏林奥运会成功举办，这值得大大庆祝一番。德意志劳工阵线（German Labour Front）在国际饭店旁的大光明影院组织了一场这次比赛的公开放映，大光明影院位于涌泉路跑马场的正对面。那时正值德国"埃姆登"号轻巡洋舰（Cruiser *Emden*）停靠上海港。希特勒青年团的一支分遣队带领着德国学校的一支纵列来到了电影院，我也在其中，站在倒数第二排，随后跟着的是军乐队、军官和"埃姆登"号的水兵们。一进入影院，我们就按照仪仗队的样子站在过道和舞台上，照例接受着许多中国人好奇的注视。1937 年 7 月 7 日，卢沟桥事变成为中国抗日战争进入第二阶段的导火索，日军开始入侵华北。战争全面爆发之后，激烈的争斗持续了一整年。日军装备精良，沿海区域皆由日军占领，北至北平，南至广东。德国军事顾问说服了最高统帅蒋介石避开日军来自北方的正面猛攻，将军队撤至南京，在其周围形成稳固的防御之势。南京位于上海西北方向，相距 320 公里。

1934 至 1937 年间，我们每年都要前往位于上海西南方向的莫干山避暑。先是搭乘三个小时的火车，接下来再坐两小时的公共汽车，穿越过一片荒凉泥泞之地，我们就抵达了一连串山脉的脚下，山上覆盖着无边的竹海。这里海拔较高，逃脱了上海的酷热潮湿，不啻是一处世外桃源。公共汽车破旧不堪，司机每隔 20 分钟就得重新把水箱添满，用从附近小溪里打来的水给轮胎降温。他肩挑一根竹扁担，两头各挂一个方形煤油桶前去取水。

山路陡峭，只能沿着山崖步行。一条极其狭窄的步道蜿蜒着伸向天际，这步道有的是用雕凿石头铺就，有的是由仅半米宽的天然石板砌成。如果想要舒舒服服地上山，只要付得起钱就可以坐"滑竿"，一般来说顾客都是外国人。这种"滑竿"的构成是将一张椅子固定在两根竹竿之间。每个滑竿配三名苦力：一人在前引路；一人在后；另一个人跟着轮替，一开始也帮忙抬椅子。每根竹竿的两头都有一道横梁，这是为了分散苦力脖子至双肩间的重量。父亲体重较重，除了一前一后有两名苦力之外，还有两名苦力跟着轮替。

上山的过程十分惊险，强烈建议空腹开始旅程。随着苦力行进，富有弹性的竹竿会产生有韵律的颠簸。一边的景致还算令人愉悦，如果往另一边望去，我想你得有铁打的胃和坚强的心脏，因为下面就是万丈深渊！你会感觉心脏都要跳出来了。苦力穿的是草鞋，就是耶稣穿的那种，运动之后出了汗，脚底会打滑，滑竿也跌跌撞撞，晃来晃去，好像我们受到的惊吓还不够似的。我亲爱的父亲就跌出椅子一次，幸好不是在悬崖那侧！

我们坐在摇椅里，经过一段令人神经紧张的山路后，终于抵达了竹林中的一片高原。这有一座两层的小屋，由礼和洋行维护，视野极佳，当凉爽的微风吹过我们的双足时最为惬意。仆人们组成欢迎委员会，在长长的石头台阶上层接待我们，但当继续前行时，我们被吓得血液都凝固了，一条大黑蛇正在前方瞪着我们！我们后来才知道，这是条所谓的家养蛇，仆人们每天用面包和牛奶喂它，目的是为了让它捕捉老鼠。

小屋能住 8 个人，附近有网球场和大石潭。整座小屋建造在大

礼和洋行在莫干山的度假屋

礼和洋行在莫干山的度假屋

约斜度四十的山腰上。饮用水和洗涤用水取自附近的山泉，存放在老式的搪瓷容器里，这种容器有宽宽的灌注口，旁侧有把手，上世纪初的酒店里有很多这样的罐子。洗澡只能在附近的小瀑布下解决。

没有分隔的厕所里放置着四个便盒，每天杂役会清理并倒进附近的坑里，否则的话会招来巨大的苍蝇。有人在墙上标示，建议人们在正午至下午 1 点间使用厕所，因为那时所有的苍蝇都在厨房忙活！有时杂役们会将秽物直接从附近的悬崖边倒下去，但这会让他们丢了工作，因为有个小村庄就在悬崖的正下方！

劳累过度的公司员工会穿过那片茂密的竹林登山远足，这也许能缓解他们的压力。孩子们也有许多乐趣。如果是在德国，孩子们会在松林间采摘蘑菇。在这里，我们会挖竹笋，这是亚洲特有的美味。在乡下闲逛的时候，一片带刺的铁丝网割破了我的膝盖，我染上了败血症。虽然现在很难想象，但没有盘尼西林和硫黄片的日子可真是让人够受的，30 年代中期以来取得了多少进步啊！那时唯一的治疗就是把"Antiflugostin"[①] 煮沸，然后将这种极烫的糊状物敷在感染部位。我疼得像公牛一样叫唤，这种感觉简直像要卸下我的腿一样！每天脓液都在减少，那条令人讨厌的红线也减退至大腿中部。

为期两周的假期很快就结束了。我们又一次坐上了摇摇晃晃的滑竿，但这次因为是下山，感觉心都提到嗓子眼儿了。持续不断向下的视线简直让人想吐，没有安全杠或者安全带来防止你从椅子上滑下来，所以得紧紧抓住椅子的边缘。时不时会有轿夫摔倒，原本

---

① 中文名不详。

我和父母在莫干山的岩石潭

行走还随着竹竿抖动而富有规律，突然就变成了无法控制的冲刺。继续前进之前，椅子停止摇晃，只有此时，乘客才能再次轻松地呼吸，血液才重新循环！

1937年，父母允许我参加青岛的希特勒青年团营。1935年，我还是个乳臭未干的小毛孩，被无锡的这样一个营地拒之门外。我对帐篷里的生活和极不舒服的行军床一无所知。一夜之间，"家"的奢侈消失殆尽。最糟糕的是，我没有仆人，得自己铺床；此外还得帮忙刷洗盘子，这是压倒我的最后一根稻草！换句话说，绝望和无助彻底将我击溃。

这些负面情绪只持续了两天，我开始变得对地形或者说战争游戏很感兴趣，所有失望立即变成了热情。小沃尔夫冈又找到乐子啦！游戏里，我的"命"悬于左臂上方的一根羊毛线。我必须想方设法，拼尽所有力气来保护这根羊毛线。一旦这根生命线被扯下，我就"阵亡"了，自动丧失游戏资格。游戏目标是要占领"敌军"总部，通常是某处一个隐蔽的帐篷，或是丛林里的伪装点。之后举着红色或者黄色的旗帜作为战利品，回到自己的驻地。鼻子流血或者眼睛青肿都不能作为退场的理由。"勇敢的战士不能妥协，必须拼尽全力战斗到最后"，这一信念深深刻在我们心里，在10岁的年纪，纪律和服从就已经是日常铁律了。我们得学会应对疲惫，一旦有伙伴在任务期间体力不支倒下，我们得将他连同那根生命线带回。这个游戏真的充满乐趣！

中国抗日战争期间，上海的两个外国租界得以保持中立。中方控制的北部区域，尤其是杨树浦，持续受到日本驻军的威胁，为此中方往此地再增了几千兵力。12艘西方国家的战舰——其中不仅有英法两国的驱逐舰，还有日本强大的"出云"号巡洋舰——停靠在黄浦江上。黄浦江是长江的一条支流，连接着上海和东海。

枪战每天都在升级，城北尤甚。加农炮和迫击炮声已经成了家常便饭。交战双方的重型火炮和榴弹炮从虹桥、徐家汇、闸北和老城厢投射出，飞越外国租界的上空。中国军队坚持抵抗，但日军最终将其逼至闸北，闸北绵延两公里的前线在野蛮的巷战中毁于火海。地狱般的火海无情持续了数日，城市上空如同棺材一般笼罩着烟雾，蔚为壮观。

据上海本地的英文报纸《北华捷报》报道，有 75 万人沦为难民，事实上这个数字有可能达到 200 万。难民们如同洪水冲破堤坝一般涌向了租界。这些人看上去羸弱不堪，上身只有一件衬衣，他们在人行道、小巷和空地上住了下来。城市已经拥挤过头，租界管理者们也无法为难民找到避难所。每天都有上百人因为饥饿、斑疹伤寒、痢疾等殒命街头，当局必须得持续寻找业已逝世的人并迅速地火化，以防止出现像霍乱这样严重的流行病。

数以千计的难民根本无法住进人满为患的医院。学校、舞厅以及各种类型的楼房都被临时征用改造为医疗中心，但如果要减轻这些不幸人们的痛苦，这些都还远远不够。

1937 至 1938 年间，公共租界当局（上海工部局）在街道上收敛了 20 万具遗体。空战还在进行，1937 年 8 月 14 日，也就是所谓的"黑色星期六"，两架逃逸的中国战机投下了两颗炸弹，一颗落在爱多亚路和虞洽卿路①路口，这是上海最繁忙的交通枢纽，在大世界正对面；另一颗投在内城（inner city）的和平饭店。第一颗高爆炸弹重达 250 千克，原本意图摧毁日本的"出云"号重型巡洋舰，

---

① Yuyaching Road，今西藏路。

战火中的闸北

结果却炸死 2000 人，炸伤 3000 人。肢体碎片散落得很广，甚至距离爆炸点 200 米开外的人都受到波及，在极高的气压之下，这些人的肺部裂成了碎片。第二颗炸弹毁坏了和平饭店，这导致了建筑结构损毁，但并未造成严重的人员伤亡。

日本人最终打败了中国人，中国军队损失惨重，撤回了首都南京，在那里增强抵抗力量。现在，除了浦东沿黄浦江的一些无关角落，外国租界与日本人控制的区域接壤了。

1938 年，5000 多名德国犹太人利用希特勒允许他们离开德国的机会，搭乘意大利邮船公司的豪华客轮"绿伯爵"（Conte Verde）① 号来到了上海，一起前来的还有 3 万名前往亚洲的移民。日本人在新近占领的虹口区设置了一个犹太人居住区。此后直至第二次世界大战结束，犹太难民社区都苦苦挣扎，与贫困搏斗。犹太人孤立无援，在那些艰苦岁月，他们想方设法地生存了下来。在纳粹党管理之下，我们德国人社区与犹太人社区自然没有进一步的文化联系。唯一的例外是，我们的信义会（Lutheran church）秘密给予了这些无国籍难民以精神上的力量。

许多犹太人会来辣斐德路，与其他德国人一样，向我们兜售他们的商品。其中一款犹太人居住区制造的糖果特别好吃，里面含有"真正"的德国苦巧克力，十分受欢迎。我们是格拉泽先生（Herr Glaser）的老主顾了，他 40 来岁，和蔼可亲，总是穿戴得很整齐，系着领带，身穿人字形图案的大衣（正宗欧洲款式）。他站在门廊处，满头是汗，紧紧抱着一个小破手提箱，里面装的全是巧克力糖

---

① Conte Verde，为"绿伯爵"之意。该船名是为了纪念意大利的萨伏依伯爵，因其喜穿绿衣而有外号"绿伯爵"。该船在上海当时的报刊上被称作"康脱凡第"。

果。为了讨生活，这位可怜的朋友每天都从虹口步行而来，路程有4 公里~6 公里。岁月在他的衣着上留下了痕迹，他的衬衫领子和领带上有着星星点点的油渍，通红的脸颊上总是带着谦逊的微笑。我们时不时地接济他，送给他一些衬衫、袜子和其他衣服。

有时候，他会看到我穿着希特勒青年团制服，但他对我总是很友善。有一次，他给我看他的二级铁十字勋章和证书，这是他在第一次世界大战中因英勇的表现而获得的，现在他希望能卖掉这些。他说："我不明白希特勒为什么要赶走我们，为什么……为什么？我一直都准备上战场，这次也是，我随时准备为祖国而战！"

时至 1939 年底，日本攫取了更多华东地区的控制权，这使得蒋介石不得不将首都从南京迁往重庆。

过去的十二个月里，英国、美国和意大利为了保护侨民，加强了在公共租界的军事部署。冷溪卫队①和锡福斯高地兵团②随身携带着风笛、毛皮袋和熊皮高帽在城内穿行。美国人出动了美军第四海军陆战队。意大利社区装备了海军陆战队的两个连。虽然是夏天，这些可怜的人满头是汗，穿着厚实的绿色羊毛制服，好像因纽特人来到了热带。法租界一直都有相当规模的常驻军，此外还有兵营和训练场，每逢法国国庆日，那里都会有盛大的游行，伴着法式风格的响亮号角，那景象让人印象深刻。

战前，上海的外侨人口大约达到了 6 万人，其中 4 万是白俄，他们是 20 世纪 20 年代俄国革命后的难民。三个区的警察各自独立。英国人管辖着 6000 名中国巡捕，其中包括 1000 名指挥官，指

---

① The Coldstream Guards，是英国御林军的一支步兵卫队，也是英国陆军持续在役历史最长的步兵部队。
② Seaforth Highlanders，成立于 1778 年，主要成员是苏格兰人。

游行的高地兵团

挥官里有英国人、印度锡克人、中国人和白俄。法租界的情况是，有 4000 名"亚拿米人"[①]，他们来自印度支那（现越南、柬埔寨和老挝）。我对这些人印象深刻，他们因为常嚼槟榔而牙齿漆黑。虽然我已经是个小男孩了，但无论什么时候看到这些"黑嘴人"咧嘴笑，我还是会感到害怕，至少可以说是觉得很不可思议。周围中国人控制的区域有着人数最为庞大的警察队伍，多达 7500 人。

警察在追捕的罪犯只要能跨过边界，他就算找到了安全的避难所，想要逮捕和引渡他，就得经过漫长的程序，因为各区的司法制度不尽相同，而涉及解释司法时，各方常常争执不下。有时虽然违法者的命运已经协商好了，但是在羁押过程中，他会成功潜逃，像滑溜溜的鳝鱼一样，消失在边界的茫茫人海中。最为简易的程序就是便衣警察直接绑架罪犯，将他带回。当然，这种方法是为人不齿的，还会引起不同管理机构之间的龃龉。很多时候，强盗、小偷抑或杀人犯都能逃脱边界附近的枪战，然后在那里羞辱茫然又束手无策的警察们。

---

① Anamites，出自《圣经·创世记》10：13，麦西生路低人、亚拿米人、利哈比人、拿弗土希人。麦西最初领土的范围不甚明确，较可靠的说法是，麦西是埃及的复数式，也就是代表全埃及。作者的意思可能是这些人肤色较黑。

第三章　1939 年—1941 年[*]

　　第二次世界大战爆发后，我们没感觉有什么变化。英国人和法国人礼貌地避免了跟德国人所有的接触。唯一一起事件发生在法租界的电影院，当时正在播放一则描述德国军队入侵波兰的英文新闻影片，在场唯一一名德国人看了后热情迸发并热烈鼓掌。法国警方逮捕了他，不过在严重警告他之后，当天就将他释放了。

　　理查德（Richard）是我当时最好的同学兼朋友，也是成长中的竞争伙伴。年复一年，我们彼此竞争，直到坚信礼^①之后，我一劳永逸地超过了他。15 岁那年，瘦得皮包骨的沃尔夫冈突然像豆茎一样猛地蹿高，最后足足比理查德高了一个头。然而这却产生了不良后果，我时常在 100 米、200 米和 400 米跑时晕倒在煤渣跑道上。我的心脏似乎不能跟上我身体的成长速度，校医禁止我在 18 岁之前参加任何激烈运动。18 岁后，我脑部的血液供应变得正常起来，才没有了晕倒的危险。

　　学校的运动很多，想要获得希特勒青年团体育勋章就得做到：平地支撑 40 分钟（直到嘴唇发青），在规定的时间内跑 4000 米，50 分钟内自行车骑行 20 公里，规定时间内 10 公里的激烈行军，等

---

* 原文如此，从内容来看，标题疑为 1939 年—1944 年。
① 基督教的礼仪，象征人通过洗礼与上主建立的关系获得巩固。

等。我永远也忘不了海尼（Heini），他比甘地（Ghandi）消瘦，只剩一把骨头了。他赤足跑马拉松，最后也不怎么累，永远在队伍最前方，领先其他所有人两倍的距离。让筋疲力尽的我们尤为恼火的是，他每超过一个人都会咧着嘴笑。

毫无疑问，化学是我高中时最爱的一门课，对于用酸和各种物质进行试验我有着无法抑制的热情，因此我在寝室里建了一个实验室。我用几块木板搭了 6 个架子，几块钉在墙上，放置了一排瓶子在上面，里面装了硫酸、盐酸、硝酸、氨水、硫黄粉、高锰酸钠和许多其他试剂。所有瓶子都是从实验室省下来，或者说打着"研究"和"增长知识"的幌子搜集来的。我和迪特尔（Dieter）、海因里希（Heinrich）、海尼一起，动手做臭气弹，这种臭气弹混合了铁粉、硫黄和盐酸。我们获得了一种有魔力的药剂，它能让你的鼻子受罪，那气味闻起来就像是臭鸡蛋和烂白菜的混合物。为了获得必需的铁粉，我们用铁锉拼命锉了好几个小时，这十分值当。之后我们忍着快吐了的感觉，将液体倒进一打安瓿瓶中，但是最终还是得靠往鼻子里塞棉花才行。迪特尔甚至弄来了一个防毒面具！第二天，我们就将目标锁定在位于大西路①的大华大影院②。

电影院人满为患，我们从第一层楼厅的前排座位开始，投放了密封的臭气弹，富有战略性地放置在主要的过道和侧廊下面。果然，我们的努力没有白费。起初，每位客人都惊愕地环顾四周，也许心里还在想"就是你吧，你这只猪"。更大的骚动接踵而至，人们在黑暗中跌跌撞撞地蜂拥而出，等中场休息的灯光亮起时，每个

---

① Great Western Road，今延安西路。
② Roxy Theatre，1951 年更名为新华电影院，1994 年拆除。

大华大影院

臭气弹旁边都空出了许多座位。

我们还给影院观众们"痒痒粉"的待遇，这个玩法诱惑太大，我们非玩不可。事实证明，这也是我们少年时代最好玩的恶作剧。手里拿着一小袋痒痒粉粉末，我们沿着侧廊前进，影院通常都是人满为患，我们一路挤到最后，在这一排25位客人的脖子上都轻轻弹上了一小撮。我们成绩斐然，就连萨达姆·侯赛因也会说这是"众痒之王"。突然间，众人不约而同地抖动手臂，从走廊看过去，这景象就像一只侧翻的蜈蚣，许多条腿疯狂地向外探，有些人好像有了橡胶手，绝望地想要挠肩胛骨之间那块难以触及的区域。

透过我们两层小楼的窗户，可以俯瞰美丽的辣斐德路，道路两旁布满林荫。每逢雨天，我们就在窗边等一位带着那种英式大伞的行人，这种伞是在钢铁支架上覆上黑色布料。一旦瞅准时机，我们就小心翼翼地将烧杯里的一些硫酸泼到伞上。不出十步，伞的主人就会发现他的防雨装置失灵，只剩一根已经艺术地弯曲了的铁质伞架，抬头就能望向天空。

事后看来，这真是糟透了。想起那段喜欢恶作剧的少年时光，我只能不可置信地摇头。所有恶作剧那时看起来都很平常，一些人为了寻开心，另一些人就得受罪并且感到不便。没有人在此前提到的恶作剧里受伤，那时看来的确是不错的消遣。

1940年夏天，我参加了位于海因里希亲王山①的希特勒青年团第二营，这座山距离青岛大约15公里。我们的目的地是一幢两层

---

① Prinz Heinrich Mountain，今青岛浮山。

即将前往青岛营地的我

小楼——柏麦别墅①，那栋楼位于半山腰，后面有个三十度的斜坡，周围长满了刺槐，适合扎营。我们把所有衣服、行李和补给等装到了两辆大卡车上，就此开始旅程。我们 50 个人提心吊胆地坐在行李堆顶上，卡车在满是坑洼的狭窄乡间小路上摇摇晃晃地前行，大家只好互相扶住彼此。在一个小村庄的狭窄路段，卡车无法通过，卡在了两栋房子之间。在营队领导和村民协商好补偿问题后，大家决定拆掉房子的部分墙壁。四个小时后，我们抵达了目的地，支起了帐篷，并用加长的木桩在满是岩石的泥土里双重加固，以防突如其来的台风将我们刮走。

柏麦别墅配备了两名女仆轮班准备餐食。楼里还有一间大病房和食品储存设施。厨房的工作包括为火锅削土豆，给几百块面包碎涂上猪油。此外，将猪油抹在老旧的帐篷上，暴雨来时有不错的防水效果。有时极具破坏力的台风会掀翻一两顶帐篷，还会把它们吹走，抑或将其缠绕在树上！我们的手提箱总是会遭殃，全都湿透了，皮革层之间的纸板都变成了纸浆。接下来的几天就得忙着晾晒床单和毯子，手提箱里的东西也全得拿出来放在太阳底下晒。棒棒糖和饼干都在包装纸里，我们抢救了出来，还算完好。几天后，除了手提箱，其他所有东西都恢复正常。那手提箱简直让人以为是属于一位柔术演员的！箱盖已经变形了，就像一块波形铁板，而这也恰好弥补了箱锁的六英寸移位。

五个礼拜以来的生活还算符合我们的期望，在忍受范围之内，然而有些事也超过了一个年轻人所能忍受的极限。早操点名就让人

---

① Böhme Haus，这幢建筑实为德国人俱乐部所在地，兴建于 1934 年，含网球场和游泳池，由在青岛的德国侨民自发捐款建造，因供职于礼和洋行的德国商人库尔特·柏麦出资最多，就以柏麦命名。

六个人的帐篷

我的湿透的手提箱

倍感压力。清晨 6 点 50 分，号角准时把你从床上给轰起来，但凡有一个人迟到了 10 秒钟，我们就只能求上帝保佑了。除了女孩之外，队长要求我们在三分钟之内冲回帐篷将制服穿戴整齐。只要有一个人迟到，那么大家只能不断重复这个残酷的考验，但这次得换上睡衣集合。有些人则是在匆忙中直接崩溃了，尤其是在上山途中，清晨山上的湿气让人更加疲惫不堪。有一天，西格弗里德（Siegfried）穿错了鞋子，队长喊着"注意"的口令，向外指了两次，而他还是个罗圈儿腿！我们没有任何政治倾向，可能是我们对英国人、美国人和其他国家的人显得过于友好和放松了。

　　就像之前提过的那样，我们的队长依然在营内组织"战争-领土"的游戏，臂膀上的羊毛线代表着一条"命"。美国人治下的上海基督教青年会刚好也在崂山开办了一个童子军营，距离我们不远。他们应邀前来参加我们的战争游戏，跟我们对战。日期和地点都已经商量好了，但出于未知的原因，这个活动最后被取消了。也许在 1940 年的 7 月，让英国人、美国人和其他国家的人跟德国人一起友好地玩食宴棋①并不合时宜。这让我尤其失望，因为我一个好朋友鲁迪（Rudi）也参加了基督教青年会的童子军营，他是战前我学生时代的好友，来自一个德国犹太人家庭，两家父母过从甚密。我本来很期待见到他，最终也只能在写给父母的信里表明了我的失望之情。有点无知的是，我在信里指出，他现在是美国希特勒青年团的一名团员！！！

　　以下摘自我在军营写给父母的书信：

---

① clobber-game，一种棋盘类游戏，属于抽象策略游戏。

1940 年 7 月 2 日

　　我们循着黄浦江离开上海港的经历很有意思。夜幕降临时，颠簸不已的海面让我们在"长崎丸"号上呕吐不止。我和理查德、海因里希情愿待在救生船的帆布上度过这让人难以忍受的夏夜。午夜的一场倾盆大雨让我们全身湿透，不得不回到船舱。次日，我们的船于下午 2 点抵达了青岛。行李装满了两辆大卡车，随即我们向山中的柏麦别墅出发。途中，某个小村子的道路很狭窄，卡车难以通过，这让我们停留了四个小时。最终不得不拆除两幢泥和茅草筑起的房子靠路边的一面墙，这才得以通过。之后，车子滑进了一条沟里，行李全都掉了下来，四散在路上。幸好那会儿我们没有坐在行李上面！晚上 7 点 30 分，我们抵达目的地并支起了帐篷，终于在午夜得以休息。

　　第二天一早，队长就宣布了我们每天的标准作息：

6：50　起床

7：00　点名

7：10—7：25　练习和慢跑

7：25—8：15　梳洗

8：15　点名和升旗

8：30　早餐

9：15—11：15　劳动

11：15—12：00　在石头泳池里游泳

12：15　午餐

13：00—14：00　午休

14：00—16：00　劳动

去往营地途中的事故

附近海滩上的晨练

梳洗

营地的岩石潭

16：00　　列队前往海边游泳

18：30　　宣布命令

18：45　　降旗

19：00　　晚餐

19：45—20：45　　野营篝火

20：45　　喝可可

21：00　　归营鼓或夜间野外训练

请给我寄一些维克斯①感冒药、糖果和饼干。

致敬。

1940 年 7 月 4 日

今天早上 6 点就被叫醒了，因为为了"长征"有很多准备工作要做，我们得带着所有行李去柏麦别墅，没有人护送我们。附近的中国村民几乎什么都偷。8 点 30 分，我们排好队列前行，队列前方鼓号齐鸣，大概中午时分到达了青岛的德国人学校。我们在当地德国人家里住了一晚。第二天，房东带着我乘平底帆船来到公海上，我们捕获了三条大比目鱼和一些其他鱼类，总共 12 千克重。我的房东是位单身汉，第三天，他为我准备的晚餐是里面包着蛋黄酱的鸡蛋，此外还有炸土豆，然而蛋黄酱实在是太可怕了。我没有对他表示不敬，在他转过身去调收音机的时候，我捏着鼻子径直将鸡蛋整个吞了下去。让我震惊的是，他居然又放了一个包馅的鸡蛋到我的盘子里。我就像吃到土豆沙拉时一样想吐。第四天，我们回到了营地，刚

---

① Vicks，一种感冒药品牌。

抵达便遇到一阵劲风。晚上 6 点，可怕的台风让所有人都感到震惊。长途拉练回来之后，我们疲惫不堪！午夜时分，风掀翻了两顶帐篷，有一顶随风飞到了 20 米以外。我们的帐篷腾空而起，像一面旗在风中飞舞。我们 7 个人紧紧搂住支撑帐篷的杆子将近两个小时才避免了悲剧发生，不过，所有的行李都被淋得湿透了。

请寄一些饼干来。

致敬。

1940 年 7 月 11 日

营里的伙食真是棒极了。今天我们吃了牛排和卷心菜卷，我把自己塞得饱饱的，直到后来感到不适。就在最近，我们进行了口径步枪的训练。明天，年纪大一点的男孩（我也在其中）将要徒步 20 公里，随后要在海里游泳和在海滩上暴晒。今天进行了帐篷检查，五顶帐篷中，我们的帐篷位列第三，获得了五块钱的奖金，我们用来向附近的农民买了一大包花生，这样就可以饱餐一顿了。

请给我寄两罐沙丁鱼。

致敬。

1940 年 7 月 15 日

今天轮到我站岗值勤，挺有意思的，最棒的是不用参加其他训练。参加值勤的一共有 6 人，2 人在岗（时长为两个小时）的时候其他 4 人就休息。值勤简直是天堂，睡觉、呆坐、无所事事，多棒的休息时间啊，怪不得大家都趋之若鹜地要自愿参加值勤！昨天，几位日本军官来营地参观，我们唱了民歌，排了一些节目欢迎他们。我们不得不参加一些艰难至极的阻碍训练，背着一个装得满满的背包，也叫"猴子"，里面塞着应急的衣服和配给的口粮，全部都被牛皮纸包着，上面放着一个腰子形状的食器，用皮带牢牢固定在顶端。此外背包里还有一把特制的匕首、面包袋子和保温水壶。我们得负重爬过两座三米高的草垛，越过铁丝网，等等。其他的活动还包括，大家分成六队练习口径步枪射击。庆祝活动则是吃蛋糕，有大量的蛋糕。所有这些食物都是青岛妇女协会捐赠的。吃完之后，我感到十分难受。

请给我寄一些蛋糕和一罐沙丁鱼。

致敬。

1940 年 7 月 23 日

昨天行军拉练了一整天，往返沙子口①，十分费劲。我们早上 8 点出发，下午 1 点 30 分抵达了一个小村子，20 年前曾有许多海盗盘踞在此。我们在那里吃了顿热乎的午餐，土豆美味极了。我们之后在小溪里洗了盘子，在清澈的溪水里游泳。出发往回走的时候，我们惊恐地发现，曾经饮用且畅泳过的清澈溪水居然流经村子里的厕所和公厕，距离我们刚才驻扎地的上游 200 米而已！晚上 8 点，我们才筋疲力尽地回到了营地。每逢休息，我们就徒步去海边的农场，用偷偷带出来的花生把自己喂饱。我们不仅摘了玉米，还全部都生

---

① 原文为 "Sha Tse Kou"，此处为音译。

吃了。

请给我寄一些黄油花生。

致敬。

1940 年 7 月 28 日

四天前，我们沿着海岸行进了 2000 米，还在波涛汹涌的海里游泳，试图游到距离海岸 100 米的一个小岛上，但没有成功，海浪实在太高了。返回营地途中，我们在一个梨园休息，填饱肚子后每个人的上衣大概都装了 20 个梨子。不过，园子的主人最终还是发现了我们，带着两个人晃着长长的竹竿追了我们整个林子。绝命狂奔中，所有可爱的梨子都掉了，它们跳来跳去，把我们上衣的扣子都扯了下来。激动之下，我滑倒在一条石子路上，还撞破了膝盖。脏脏的泥土让膝盖肿得十分严重，现在正在用醋和酸泥混合液敷着。

请别忘记给我寄黄油花生，拜托拜托。

致敬。

1940 年 8 月 4 日

十分感谢寄来了花生，虽然途中有点受潮，但是没关系，反正最后都是要嚼碎下肚的。在奥兰事件①之后，英法之间的关系如何了？我们明天会去崂山拉练，凌晨 4 点就得起床，5 点 30 分出发，我感到十分兴奋！两辆卡车将载我们到山上，

---

① 第二次世界大战期间发生在英法之间的冲突，英国袭击了法国亲德维希政府的海军，给法国海军造成重大损失。

会有骡子在那里等着，但并不是等我们，而是来运送行李和物资的。昨晚进行了警报演习，我们必须得穿戴整齐上床睡觉，这样才能准备好抓住"小偷"。夜班守卫的警笛惊醒了我们。四个最强壮的男孩扮成劫匪，他们得刺破帐篷来偷走我们的四袋稻草。我们非常英勇，全力赶走了他们，唯一的"伤亡"是有一人的眼睛被揍得淤青。

致敬。

某天，我们一些人有机会可以扬帆出海。海岸线渐渐消失在视线之外，两名中国船员降下了船帆，给了我们到海里游泳的机会。噢……真是太开心了，我们跳下去，四米高的巨浪将我们托起然后又摔了下来，刺激得心跳到嗓子眼儿！我们像小海龟一样扑腾着，然而有人毫无预兆地从海平面上消失了。中国船员的尖叫引起了大家的注意，所有人都潜入海平面以下搜寻我们的同伴德特勒夫（Detlef）。他正无助地下沉，精疲力竭，我们将他拉了上来。这可怜的孩子大腿抽筋了，就像身体完全瘫痪。惊吓之余，他门牙上的铂制牙桥①都掉了。当他笑起来的时候，他就像个老爷爷似的。

帐篷里的生活真是快乐无比。有些人收到了父母寄来的棒棒糖。太妃糖、棉花糖等都被小心地藏在手提箱里的袜子和衬衫里，因为我们当中有小偷会偷这些珍贵的宝物。有些人特别小气，将一罐罐糖果藏在附近的灌木丛里，企图避开搜寻糖果的人——他们都带着尖头木棒，嗅觉敏锐。有一次，某人不记得将盒子藏在哪儿了。还有一次，一个家伙发现他的纸袋子里的500克太妃糖成了附

———————

① dental bridge，镶嵌在口腔内的固定假牙。

近巨型蚂蚁的美餐。

大家用棒棒糖、太妃糖、坚果代替钱，来交换诸如面包片、水果之类的食物，这些都可以在正餐之前垫垫肚子。

有一次，有人失手，不小心让一个10千克的哑铃砸到了我脚上，我因此右脚严重肿胀，于是住进了柏麦别墅的二楼医务室休养。十五年以来，我一直瘦得跟竹竿一样，常年感到很饿、很饿、很饿！难道是因为拉练太多了吗？不久前，我又一次突然像豆秸一样蹿高，瘦得像刚被狗啃完肉的骨头一样！在医务室，我们常常就一些荒唐的事情打赌，赌注就是面包片、蛋糕或者橘子什么的。有一天，为了半份意面，我打赌说能在吞下满满两勺盐后再喝下半杯水。我打算耍个诈，那就是先吃掉属于我那份的午餐，然后再吃盐喝水，最后的奖品作为缓冲可以保护我的胃。老天啊，结果不妙！我的胃翻江倒海，足足持续了十分钟。最后我恰好吐在了医务室的窗边，而这扇窗就位于大楼入口的正上方。我吐出来的半份还混合着盐和番茄酱的意面，落在了窗户底下的纳粹符号上，让它蒙羞了。真不走运！不管我的脚酸胀与否，第二天一早我必须得将纳粹符号清理干净。这个傻透了的打赌小游戏真让我丢脸，我怎么会如此愚蠢……一个机灵的小把戏结果导致了双倍的饥饿！

我们中有些人得了可怕的疖子，一些还流脓了，并且扩散到了全身。感染的部分涂了一种苯胺紫颜料。医生也弄不清病因，不过猪油涂抹的面包疑点重重。鲁道夫（Rudolf）身上大概起了110个疱，有一些跟乒乓球一样大！

队长只要抓到有人在厨房偷食物或是偷偷摸摸地翻别人的手提箱，为了表示惩戒，就会让这些"罪犯"参与劳作，要么是将营地里六个便携箱式马桶打扫干净，要么是花上一整天时间去修筑通往营地的道路。

如果有孩子过生日，营地的女厨师会给他烤一个大大的蛋糕，上面还缀着打发的奶油。营地里有个叫斯文（Sven）的队员，他在我们当中年纪最大，体壮如牛。他谎称即将要过生日了，于是如愿以偿得到盛情款待。当他们发现斯文是在说谎后，他只能自食其果，被罚去修了两天的路！

偷钱或者更加严重的行为会受到惩戒，最严重的一种是关禁闭。一个小小的砖头仓库，里面只有两米见方的空间，里面还贮存了许多酒瓶和柠檬水瓶子，关禁闭就得在里面待上三天。阿诺德被关了两天禁闭，在此期间，他喝了两瓶酒，之后往空瓶子里撒尿，并且还换了封口！悲剧不可避免地发生了。队长和他的副手晚餐时偶尔会佐以红酒，作为一名红酒行家，副手瞬间就发现了这奇怪刺鼻的味道。真是祸从天降，阿诺德现在必须得额外在"洞里"待一周，不过总比执行枪决的好！

我们帐篷里总共 7 人，其中一位叫海因茨（Heinz）的朋友习惯性地尿床，每晚如此。如果没有意外的话，早上在起床号吹起之前，我们就给尿骚味熏醒了。由于床铺是完全防水的，他的睡衣和毯子都湿透了！最后，我们宁愿起床之后到树林里更衣来逃避那难闻的气味。我们给他取了个外号"臭杆"（stench-pole），但他其实体格壮硕，身上都是肥肉，并没有肌肉。

就算考虑到他这种情况可能是因为某种疾病，我们的同情也逐渐消失殆尽了。某天早上，他的担架床出现在了悬崖边上。第二天晚上，海因茨不得不在一个扭曲的床架上露天过了一宿，那床架属于回收利用物品，只剩五条腿了，放在距离我们的帐篷四米远的下风口处，这样难闻的气味不至于会随着海风吹过来。作为预防性的措施，我们将帐篷的入口封得严严实实！第二天早上，我们发现歪斜的担架床那根断掉的腿上，有着丝丝可疑的水迹。①

　　事后看来，上海希特勒青年团和其他国家的童子军营或者探险队并无太大不同。团内基本不讲政治，主要的关注点在体育、健康和同志友谊上。第一次世界大战前，根据我父亲的说法，探险队并没有像希特勒青年团那样严苛的训练，比如说长途拉练和预军事化训练，包括小口径枪射击训练，穿着迷彩服朝着"敌军"的隐藏据点匍匐前进等等。希特勒青年团的目的完全就是全面引进义务劳动，也就是服兵役，团内所有活动都是为了把人锻造成一名合格的士兵，成为"一个人的军队"或者仅仅是成为加农炮的炮灰。当然，我们都接受过以纪律为名的惩罚，比如说在煤渣跑道上"摩擦"（就像前文提到过的那样），或者被禁止参加体育活动等。有时我会觉得受够了所有的规章制度。有一次，我在心里诅咒了希特勒"你给我滚蛋去吧"。

　　返回上海的日期暂时推迟了。两星期以来，我们住在一些德国人的家里，之后登上了一艘日本船"大连丸"前往上海。沿着黄浦江溯江而上的 20 公里航程危险重重。我们不能探出甲板，以免被来自两岸的交叉火力击中。好奇心还是胜过了害怕，我们探出头数日军的驱逐舰和补给舰，共有 15 艘。父母几周来一直都担心着我们的安危，现在我们终于回来了，一家人含泪重聚。

　　我们听说一个中国地下组织试图摧毁日军停泊在外滩花园桥附近的战舰"出云"号。敢死队员们从对岸发射了一枚自制的鱼雷，但据说离目标还有一半距离的时候就沉没了。

---

① 原文说床架成了自动排水装置，应该就是海因茨还是尿床了的意思。

鸟瞰外滩

外滩欧战纪念碑

我们在青岛的营地度过了大半个暑假，即将结束之时，不得不回到了教室。我们又得对付讨厌的拉丁文课了：amo-amas-amat①，amamus-amatis-amant②，等等，等等！一场可怕的考试后，我们的拉丁文老师第二天将试卷夹在腋下走进了教室，右手臂支撑在桌上，笑容灿烂地说道："你们的试卷上全是错误，错误多到把我压倒，只能倒在这一边！"我觉得一点都不好笑，因为正是拉丁文和历史课让我留了两级，而我最讨厌学校生活！历史课上要牢记的日期，尤其是过去两千年来不同国家的统治者的名字让我混乱不已，像是马克西米利安一世啦，路德维希七世啦，古斯塔夫二世啦，亨利八世啦，Adolfus 四世③啦，尼古拉二世啦，亨利第无数世啦，还有其他成千上万个人名！我从来都弄不清楚顺序，还有那些重复的名字和数字。我根本不在乎！

一般来说，课间 15 分钟休息的时候，我们都抓紧时间在厕所里抄作业，尤其是艰涩的拉丁文课的作业，通常是抄学习好的同学的。这种活动原本进行得很顺利，直到有另一个学习好的家伙妒火中烧，洒了一些水在厕所门上。在厕所有限的空间里蹲着抄作业就已经够难的了，之后再把浸湿并有点弄脏了的作业本还给伙伴就更加尴尬了！有一次，我们的拉丁文老师看着弄脏了的作业本，望向窗外说道："有意思，今天没下雨呀。"

总体来说，学校生活还行，以玩乐为主，学习都是第二位的。男生更衣室的双钩衣架经常坏，校长不得不贴出一张又一张的警

---

① 意为"我喜欢、你喜欢、他喜欢"。
② 意为"我们喜欢、你们喜欢、他们喜欢"。此句和前一句都表示是拉丁文入门的意思。
③ 可能是作者恶搞的名字。

告，但没有任何效用。接着他又威胁道，破坏者将会受到重罚。第一周还挺有效，可是学生们破坏的欲望再次占了上风，另一个铜制衣钩遭到了破坏。所有受到怀疑的班级被罚到操场上排好队列，校长要求肇事者向前走出一步，但没人照办。之后，所有 60 名高年级学生排成单列通过折断的钩子前，6 名目光锐利的老师在侧，试图通过他们的面部表情来分辨出肇事者，但这样做也失败了。

有一个白俄在我们校园角落的自行车棚里安了家，我们给他取了个名字叫伊万（Ivan）。伊万是个中年人，虽然失去了双腿，但是他坐在一个离地面四厘米、装有四个轮子的木板上，双手各撑一根 T 形的木杖，这样他还是可以活动的。他的裤子拉链总是不拉上，他经常看起来像是喝醉了的样子，此外他的脾气也很糟糕。所以，尽管身体残疾，他这副样子也让我们忍无可忍。当他清醒的时候，他恨死了苏联；但当他喝醉的时候，他祝斯大林万寿无疆，坚称他是世界第一好人。在伊万的那个小角落里，他存了 10 个啤酒瓶子，一半用来小便，另一半则用报纸包着，里面装了伏特加和其他烈酒。每当他准备喝酒前，他都会打开瓶子闻闻气味，因为我们曾经试图趁他不在的时候调换两种瓶子的包装。有时候他醉酒暴怒之下会攻击我们，我们退到无路可走的时候就躲在自行车后面，但这也挡不住他，他抓起一个自行车轮胎，砸开车轮的辐条，要么就是用他的拐杖拆下挡泥板。攻击过我们的翌日清晨，他酒醒之后，模仿教皇在圣诞节时那样举起双臂，说着"Nitschewo!"①（那又怎么样！）祝福我们！他在我记忆里鲜活无比，我记得他的每个细节，一个善良的灵魂。他在一次电车事故中失去双腿，从此便沉溺于瓶

---

① 俄语，意思是"没关系"。

中之物。

1940 年，我们全家在日本知名的国际度假胜地云仙市（Unzen）度过了两周的假期。云仙市位于日本最南部的岛屿九州。要到达此地，需要从长崎经由小滨前往，乘坐巴士，两个小时后就抵达了休眠火山阿苏山山脚下美丽的山区地带——这里有受保护的自然公园，里面有无边的草场，自由漫步的野鹿会靠拢过来，你可以伸手给它们喂食。

云仙紧依一片平坦绵延的休眠火山口，火山口由白色坚硬的凝固熔岩构成，直径 500 米，其间散布着许多小的硫黄温泉。我们住在豪华的九州酒店，酒店有三层，因其游泳池而闻名，池中的热水就来自附近不断涌出的温泉。日本客人都是按照性别分开裸体入浴的。我和好朋友迪特尔打着生物学研究的旗号，透过泳池旁边藩篱的空隙偷看女性浴池，以证实白种人和黄种人是否有什么不同！

附近村子里的日本人每天都会泡天然温泉，这些温泉冒着水蒸气，非常烫。他们通常将全身缓缓浸入到温泉里，泡 20 分钟后，全身都红通通的，活像煮熟的龙虾，眼见为实！

云仙充满了如同腐烂物一样的硫黄气味，据说这对某些人群颇有益处，然而对其他人来说起到的则是反效果。一夜之间，所有的银器都失去了光泽，变得黯淡。

愉快的假期转瞬即逝。在长崎港，我们看到许多围绕着造船坞的高大木墙，有一些高达 40 米。我设法瞥到了两艘正在建造中的大型战舰，真是了不起的景象！

现在，上海的公共租界和法租界周围部署着大量日本军队。租界依然要进行商业活动，尽管有数以千计的难民如潮水般涌入。工部局根本无力满足这些难民的需求。随处可见的难民营已经陷入窘境，绝大多数人依靠乞讨和偷窃勉强度日。以下这种情况对一些欧洲人来说极为寻常，晚上宴会结束后，如果步行回家，劫匪会将他们拦下，强迫他们脱个精光，然后他们只能用报纸或树枝挡住重要部位，不然就得像亚当和夏娃一样回家！

某天晚上，最大的一起盗窃案就发生在爱多亚路，一家灯火通明的大电影院门口。一位来看电影的观众将他崭新的车停在了路边，作为防盗措施，他还取下了配电器的旋转器。当从电影院出来时，他发现他的汽车由四张木凳子支撑着，四个车轮全都被卸掉了，车头和照明灯不知所踪。雪上加霜的是，发动机和油箱里的油也都消失不见！这一切就在众目睽睽之下发生，巡警也在场！

即便是在自己家中，白天的偷盗也很普遍，尤其是在湿热难耐的夏季。人们为了享受些许凉风而让门虚掩着，窃贼则会趁此而入，将财物席卷一空。我的好朋友海因里希家里刚买了一台崭新的德律风根（Telefunken）收音机，就在起居室被偷了，而他的母亲当时正在饭厅收拾桌子！

在毫无责任感的青少年时代，人喜欢追求富有冒险性的活动，愚蠢的恶作剧则恰好满足了这样的冲动。我和好友理查德就喜欢找这样的乐子：

理查德的父亲拥有一家名叫马克·L.穆迪（Mark L. Moody）的美国汽车行，理查德的家就在车行楼上。展示厅的楼上是阳台，紧邻静安寺路——上海交通最繁忙的道路之一。阳台的边沿上摆放了几个大花盆，这既可以作为遮挡保护隐私，此外还能过滤掉一些来自大街上车来车往的噪声。我们就地取材从花盆里挖土，跟水混合在一起，做成了"泥土弹"，然后一次四发地向马路上发射。因为天气炎热，拥挤不堪的公共汽车打开了车窗，这尤其引得我们关注。在交通流速大约是每小时 30 公里～50 公里的情况下，60％的泥饼都射中了目标。有那么一两次会一击即中，我们认为这已经十分了不起了。受到袭击的公共汽车行进 20 米后就会停下来，衣服上溅了棕色泥浆的司机和乘客开始四处张望，试图找出这奇怪的现象究竟因何而起。

还有一次，那时理查德住在一个两层小楼里，二楼有个阳台。生日那天他收到了份礼物，是一把强力有效的气枪。我们打算在很高的房顶上试试手，还有什么目标比 50 米开外一个院子里漫步的鸡群更加合适的呢！每一次射击都能让鸡腾空而起，伴随着一片羽毛乱飞。直接命中的话，鸡则会比之前跳得高两倍，翅膀扑腾扑腾的，它们还咯咯乱叫！其他的目标也让我们欲罢不能，像是同一个院子里晾衣绳上挂着的衬衫、背心、内裤、丝质女士长袜什么的。不过，由于我们忘了伪装好自己，这一次主人发现了我们。我们没有将在希特勒青年团营受到的训练好好运用到实践当中，一片艳阳蓝天下，我们居然处在屋顶的正中，阿道夫·希特勒一定以我们为耻！半个小时后，鸡群和衣服的主人出现在了理查德家门口，带着一篮子满是弹孔的衣服。理查德的父亲极为恼怒，永久没收了他的气枪。

一天黄昏，我去拜访一位好朋友。在穿过小院子走向后门的时候，我看到一只手和一段人的前臂从垃圾桶的盖子下伸了出来。我吓得呆住了，不停发抖，大脑也停止运转。这使我感到恶心不已，前额冒冷汗，浑身起鸡皮疙瘩。时至今日，那会儿在天色半暗时受到的惊吓仍然让我不寒而栗。我想跑，但是动弹不得。我最好的朋友是个杀人犯?! 那时，理查德在修习医学，而我还不知道解剖学是其中一项必修课程。后来，理查德告诉我，有一天，他带着三只手臂回家，当然其中两只是他自己的，准备在阁楼里继续学习，学着自己分析肌肉纤维、肌腱、神经链等等。为了防止腐烂，肢体都用血清处理过。这里没有法律禁止学生在家学习。当然啦，也没有法律禁止把可怜的沃尔夫冈活活给吓死!

1941 年，上海外侨商圈和社区的氛围是一月糟过一月。德军在波兰和法国取得胜利，日本完全占领了中国沿海地区的战略要地，这使得美国人和英国人以及他们的驻军彻底撤出了大城市。另一方面，德国人和意大利人并没有觉得有何不利或是受到威胁。相反，正因为日本是轴心国之一，那么日本人接管城市看上去也不全然是灾难。

驻扎在公共租界以保护侨民的美军第四海军陆战队恰好在珍珠港事件发生前外出。就在撤退的几周前，美国驻军和日本驻军进行了一次"非常"友好的橄榄球比赛，声势浩大。一场倾盆大雨后，双方队伍在湿透了的操场上集合。原先操场上的坑坑洼洼全都变成了小水坑。这场赛事令人难忘。二十分钟的比赛让操场变成了沼泽地，日本小个子（midgets）在场上转来转去，并冲向腿长个子高的美国人。这是一场呈现给上帝的表演。[①] 四辆救护车轮番将伤员送往医院。半场过后，尽管队员减少不少，剩下在场上的也都疲惫不堪，但这场泥泞里的争斗依然在继续。比赛结束后，只能通过腿来分辨双方队员，罗圈儿腿的是日本人，"长腿叔叔"是美国人!

1941 年 12 月 8 日，珍珠港事件爆发。早上 5 点，巨大的噪声

---

① 指比赛都非常尽力。

把我吵醒，紧接着街道上出现了一阵骚动。日军逮捕了许多英国人、荷兰人和美国人——这些人原本住在附近的森内饭店和黑石公寓①里，日本人让他们单列排队，其中有些人只穿着睡衣，另一些人还睡眼惺忪。

第二天早上，历经四个小时，日军开进了公共租界。新闻报道推测这支军队有 8000 人，这些士兵通通都全副武装，其中包括了骑兵和配备各种类型枪械的士兵。最让人印象深刻的是骑着漂亮的栗色马匹的军官，武士刀悬挂在一边，擦得锃亮的棕色皮包则悬挂在另一边。

由于法国领事馆新的总领事宣布并确立了他的权威，他代表了亲德的维希政府，所以法租界并没有被接管。

日本当局将公共租界的管辖权交给了汪精卫傀儡政府，以及与他们沆瀣一气的警察势力"大刀"——他们都穿着廉价的黑色棉布制服。这些小丑们的警察总部跟德国社区相邻，就在我们的路德教会旁边。

日军接管一年半后，我们又开始蠢蠢欲动，想要去冒险。这一次，我们的目标是之前提过的警察总部，我们打算闯一闯这栋周日总是关闭的三层小楼。对一群高中生小混混来说，还有什么比搜查办公室更有意思的呢！这一次，我负责在附近的洋槐树上望风，那里视野最佳。我原本只该是个旁观者而已。我们 6 个人沿着外墙从一楼爬上去，翻过一扇开着的窗户，然后就在办公室里翻箱倒柜，

---

① Senet and Blackstone Apartments，Senet 应该是指森内饭店，森内饭店位于克莱门公寓内，使用同一个门牌号码，位于今复兴中路 1363 号。Blackstone Apartments 指的是黑石公寓，位于今复兴中路 1331 号，东临伊丽莎白公寓，西接克莱门公寓。

就连瓷器店里的大象都会对我们目瞪口呆。我们把电话从墙里撬了出来，翻出了文件柜里的东西，推倒了办公桌。若不是直接参与其中，这些所作所为我简直难以想象。会不会是我那天身体不适，还是我已经变成胆小鬼了?!

第二天，所有高年级学生按要求排成单列点名，不过这次并不是为了衣帽间的钩子。校长和大刀的警长给我们训话："破坏了隔壁办公室的人，向前一步走!"没有人挪步。他们又重复了两次，威胁说有重罚，这也没任何成效。最终也没有找到嫌疑人，调查也就此终止。

53年后再回过头看，我只能摇头叹息："真是太糟糕了，怎么会有人这么捣蛋!"在14岁到18岁的年纪里，年轻人毫无理性，也没有跟成年人年纪相称的头脑或智慧。青少年时代，也是迅猛生长的男孩子们嘴边正冒出绒毛的时代，这段时间总是充满了对冒险的渴望。组建俱乐部的确满足了许多想象，像是奇袭其他帮派的老巢——一个废弃的车库、库房，里面有一张板条箱为座围绕的桌子，墙上有秘密文件和帮派标志。袭击这样的帮派老巢，手段一般就是偷窃、破坏，甚至是纵火。两个帮派之间的掐架绝不会有人真正受伤，只是眼睛淤青或流点鼻血而已，基本是西西里教父们活动的微缩版而已。

进入成人世界的"加冕礼"带来了许多男子汉的乐趣，倒不是指非洲原始部落里那种极端痛苦的割包皮礼。几乎每个国家都有青少年的帮派团体，这样的团体组成人数少则四五十，多则60人。规模越大，组织会更严密。在我那个时代，我只记得四个德国的"帮派"。

就在1945年战争结束的几个月前，战时宣传部长戈培尔对所有德国青年发表了一份宣言，就像以往一样，他挥了挥邪恶的食指，指出一名真正的德国男子汉只有玩过无所不用其极的恶作剧才能证明自己。谁能责怪他呢！戈培尔先生，你真是迟了两年，不然我们就能有道德上的借口了。父母们对这份宣言暴跳如雷，"我们的孩子可不是什么恶棍，他们才不会做这种事"！

1951 年，我抵达澳大利亚之后才知道"Bodgies"和"Widgies"（分别是男子帮会和女子帮会），他们的成员总是穿着皮制、塑料或是棉布的黑色制服，头发用发蜡或是猪油抹得服服帖帖，身上挂满了金属饰物。这些帮会各自占山为王，如果有帮会胆敢越界，那连上帝都爱莫能助了，这是一种动物领地意识的本能。街头打架一旦动刀，帮会成员挥舞着自行车或是摩托车的链子随后就来。通常几分钟内警察就会赶来，将这些年轻人追得四下逃窜，翻过藩篱跑到别人家后院去了，场面滑稽极了，就像在田野里赶鸡！

1942 年，我离开了学校，但没有进入大学，而是跟其他 8 位同学一起，参加了由德意志劳工阵线开设的一个学徒课程，课程从 1942 年 7 月持续至 1944 年 10 月，这是为进入德国一所工程学院做准备。其他的男生则进入一所学校，学习商务和商业法。

学徒课程中，不论是实践还是理论教学，都在"绝对效率"这一原则下进行。入学的第一年在钳桌（工作台）旁度过，九个月来一直在做锉工，除了此事再无他事，不舍昼夜地锉，我们简直要怀疑除了做锉工之外是否还有生活存在！我们得将一块 8 毫米厚的钢板锉成很完美的方形，必须严丝合缝地放进另一个方框，不能有任何光线穿过。这还不够，两个方框都需要锉到 6 毫米（误差不超过 0.02 毫米）。制造试件需要凿、锯和锉，这样的试件包括内外卡钳、铆接的角件及由电车螺旋弹簧改制的钢锯等等。第二年，我们大部

学徒时期的我

分时间在各种工厂、铁匠铺、车间和铸造厂度过。每逢周六，我们学习工业制图和设计、冶金、车间科学（workshop-science）、物理学、技术和地道的英语等课程。

1944 年年初，日军要求我们分解一些美国轰炸机，主要是在中国境内击落的 B‑24 和 B‑25 轰炸机，分解完成后送到日本的军工厂回收。严重毁坏的机翼和机身用卡车运到了车间，再次经过凿和锯，周而复始。不过，不管怎么说，这一次不需要再进行锉工了，这让我们倍感轻松。经过硬化处理的铝——人们更熟悉的名字是"硬铝合金"，虽然薄如纸张，但是像弹簧钢一样富有韧性且易伸展。一天结束后，我们的双手就像屠夫的手一样，不过上面的鲜血都是我们自己的，是解构过程中由剃刀尖锐的边缘划破的。一位高级日本军官每周会前来了解我们的作业进度。

学徒期间的其余月份，我们专注于制造中文手工打字机。那些庞然大物由一块普通 A3 大小的压板组成。在它前面，有一个大的框架储存着 8000 个长方形的小金属块，每一个顶上都刻着不同的中国汉字，这些是用来印刷的。所有这些都呈蜂窝状放在长 100 厘米、宽 80 厘米的盘子里。一个可以人工操作、可伸缩的金属臂从盘子里面取出需要的铅字后，将其嵌放进滚筒里。许多零件都需要用软钢手工制作，又要做那些愚蠢的锉工了。

有些零件需要在车床里成形。某天我正在辛勤工作，照着样本复制了 100 个打字机的零件，忽然有个零件掉到了地上，而此时机器正在全力运转。当我弯下腰捡零件时，头发被卷进了车床前缓慢转动的轴承里，轴承上全是机油。上方本来是有个杠杆可以让机器停止运行的，但是我够不着，这样一来我别无选择，只能做好准备被卷进机床，希望自己好运。再见了，我波浪般的长发。不幸中的万幸是，我只是头发被连根拔起，而没有直接被扯掉头皮，我的脑袋上寸发不剩。

在医院，他们用海绵拭去了我毛囊里渗出的粉红色液体，给我的头皮消毒，最后让我戴上了一顶女士遮阳帽。这么一折腾，我看起来就像一个"特律格尔派"的修道士，不过这个造型持续了不到 5 秒钟。这说起来可能有点滑稽，我现在这副尊容跟那位有名的圣方济各有点相像！回家后，我将午睡的母亲叫醒，指着鼓鼓的口袋说"这里面都是我的头发"，她回嘴道："别瞎说，你没事吧?!"但当看到了一堆满是油污的毛发后，她双手抱头，差点就要晕过去。

此后，我在痛苦中度过了许多无眠的夜晚，为离我远去的头发忧虑，它们还会重新长出来吗？四周以来，如同宗教仪式般，每天我都站在浴室镜子前，拿着理发镜和放大镜，绝望地寻找是不是有新发生出。我甚至更换了祷告词，将"让我上天堂"改成了"让我的头发再次生长"，以此来缓和这快将我淹没的忧伤，天堂都给我暂时搁置了！哦耶，哦耶，我的祈祷终于奏效了！第一撮绒毛终于冲破了头皮，类似年少时刚冒出来的胡须的样子，绒毛最终变成了一些非常细软的头发，仿佛一丛烧焦的羊毛。六周以来我都戴着帽子，看起来活像是法国抵抗运动（French Underground）的成员。

每天，我们都骑自行车去位于虹口或杨树浦的车间，大概有 12 公里。那个时候，我们全然不了解途中有可能被卡车或有轨电车撞死的危险。我们 6 个人排成一列，在交通混乱的地带穿行。令人难以忍受的潮湿的酷暑就已经让我们精疲力竭，更别提得无聊至极地蹬着自行车前往目的地了。这让我们觉得，只要是一帮青少年脑力之所及，稍事休憩凉快一下，顺带冒冒险，肯定不会错的！当然啦，就没错！

我们利用了卡车、有轨电车和无轨电车的动能，就像一群鲭鱼牢牢吸住了一条大鱼一样。我们一只手扶住车把，另一只手抓住汽车，6个人就扒在有轨电车和汽车拖斗旁呼啸而过。直到电车司机用紧急刹车把我们给甩掉之前，这样都挺好，而对于拥挤的车上站着的乘客来说这却是个灾难。不过，这对我们倒是无碍，我们只需要松手，继续寻找下一个省力对象就行了。第二天，我们故技重施，盯上了同一个有轨电车司机，但当我们从车厢旁飞驰而过时，他用一连串中文咒骂我们。

受到这样的侮辱，我们可不能善罢甘休。我们找到了半打灌肠剂和小小的耳式注射器，就是那种老式橡胶球的款式，里面注满了水。我们将这些报复性武器藏在衬衫下面。第二天，我们等待伏击那个讨厌的司机，很快就通过车牌号码锁定了他的有轨电车。我们一个接一个偷偷溜过司机开着的车厢旁边，将我们武器里的弹药直接喷到他的脸上！六次双份的发射毫无疑问会让他的脸格外干净、左耳听力格外敏锐，因为车辆都靠左行驶。在我们的水枪进攻之下，我们发现司机变了个人，完全不似昨天那副骂骂咧咧的样子！

第二天，没有一点疑虑，我们再次接近了这名司机的有轨电车。结果，他从后视镜里看到了我们，立即踩了刹车，并且纵身一跃跳到了路上，挥舞着一米长的链子，另一只手攥着一根铁棍。他誓将我们赶走，这种气势简直同罗马角斗场里的角斗士遭遇对手猛攻时的状态如出一辙。我们只是使了轮闸，随意稍停一下之后，再从车子的右手一面试图赶上去。① 顺便一提，我们看到有一位人力车车夫准备靠人行道停车时，却跌入了排水沟，结果车上的客人飞

① 公共租界的交通规则是车子靠左行驶。

了出去！这股不可抗力倒救了他，否则的话，他脖子上的链子得把他勒死。

一般来说，我们喜欢扒卡车，因为卡车比电车快两倍，而且不会中途停车。两个人分别勾住卡车底盘的两边，另两个人扒住卡车后部，自行车的前轮和把手就卡在底盘和车牌下方。有一天，我偷偷扒在一辆日本军用卡车后面，那是速度最快的一次。当司机发现我时，他猛地踩了刹车，我栽到了汽车尾板上，嘴都被撞出了血。幸运的是，我的鼻子没被压扁，前额也没有流血。我的自行车车把被撞飞了！

某天，一位同事迟到了两个小时才到工厂。他出现的时候刚好是午饭时间，我们正忙着嚼香肠三明治。只见他的衬衫浸满了鲜血，长裤破破烂烂，一边裤管还没了，膝盖部分也开了个口子，大汗淋漓。他活像刚从车底钻出来，或是刚从殊死搏斗的战场返回。他肩膀上有一片废铁，如果仔细看的话，那就是他自行车的一部分，唯一的线索是凸出来的辐条和压扁的车座。他笑着跟我们说起他惊悚的经历："我一路上都扒着一辆卡车，但这个笨蛋司机决定要超过一辆有轨电车！卡车和电车之间的距离越来越近，最后自行车把手慢慢地在我面前碎裂了！我当时速度很快，完全无法控制自行车。绝望之下，我的右手抓住了有轨电车的遮阳板，左手紧紧抓住卡车的托盘。自行车就这样在我下方消失了，我的双脚就在沥青路上拖着，此时真是命悬一线。空间越来越狭窄，几乎就要容不下我了！万般无奈绝望之下，我不得不松手，而此时卡车也突然加速了。"

沥青不仅磨坏了他工作鞋的表面，袜子也被磨破了，右脚的两根脚趾血淋淋的，剩余的脚趾则严重淤青肿胀，看上去就仿佛给金刚砂轮磨过，颜色乌黑则有若烧焦一般。他站在那里，带着一身血染的荣誉，从事故现场跛着脚拖行了大概两公里，几乎就是在鬼门关走了一遭。自行车前轮一分为三，全都吊在曾经是轮辐的东西上面，轮胎也裂开了一部分，这一定是有轨电车碾过的结果。

底层中国人都穿铬鞣皮革鞋底、棉布鞋面的便鞋。我们因此有了新的挑战，那就是去扯掉马路上行人的鞋面和鞋底。这只在一种情况下可能发生，那就是自行车得全速前进，压过鞋底的后部，而此时受害者刚好抬起脚，这样才能将鞋面也扯下来。这项作战需要极其精确的时机，也许得精确到百分之一秒?! 一天，我骑上自行车去冒险，穿行在两辆相向而行的有轨电车和拖车之间。机会来了，那就是有轨电车在南京路和虞洽卿路拐角处大转弯的时候，这是上海最繁忙的内城十字路口。只要车辆间的距离稍微宽一点，我就能成功。回家后，受到惊吓的父亲极度生气，冲我怒吼道："我在街上看到你钻到两辆有轨电车里去了！"原来那时父亲正跟四位同事一起路过那个十字路口，有位同事说："哎，那不就是沃尔……"话音未落，两辆有轨电车就将我吞没了。他们停下车，急切地等着我从另一边钻出来。那时正是交通高峰期，父亲他们停车还引起了交通堵塞。父亲取消了我一个月的零用钱，这让我备受打击。这意味着不能看电影，不能吃巧克力圣代，不能跟女孩约会，什么都不能，我感觉这辈子完了！

在每天去工厂上班的途中，我们总能在杨树浦附近见到许多日本大学生。他们都穿着黑色立领制服，戴着帽子。这些大学生长发飘飘，头发通常会盖过耳朵和脖子，这让我感到好奇。一位日本朋友告诉我，传统来讲，勤奋的学者是没有时间理发的，一年大概也只去一两次理发店而已。

中国抗日战争期间，许多家庭于 30 年代中期从日本迁移到了中国沿海较大的城市，定居了下来，以此逃离他们祖国不断减少的"栖息地"①。这些来到中国的新定居者，遭到了他们同胞的全面排斥。由于他们选择在海外过一种较为简单的生活，而不履行在战争中的义务，有人认为他们是叛国者。

一个冬天的清晨，我们在上班途中经过苏州河上的外白渡桥时，目睹了一起奇特的连环车祸。一场淅淅沥沥的小雨后，外白渡桥的北端在凛冽寒风中结冰了，寒风也席卷过同侧的百老汇大厦②。往南的交通的拥堵顿时达到顶点，左右动弹不得。自行车、三轮车、人力车和一些小轿车，全都失去了控制，横七竖八地滑向了桥的一端，挤成了一团。好在这没有造成严重的人员伤亡。

战争开始时，父亲弄到了一台德律风根长短波收音机，因此，直到 1944 年去世前，他都一直能获得敌军、友军的最新信息。有一天，父亲在办公室提及了一则 BBC 新闻，纳粹很快就点名严重警告说"不要相信敌军的谎言"。除了德语广播，其他海外广播一律不允许收听。日军颁布了一项法令，所有收音机都得关闭短波，否则他们会来帮你关闭。当然，父亲对此置若罔闻，不过所有敌军消息仅止步于我们家了。

1944 年 7 月，盟军在诺曼底登陆之后，尽管缓慢，但德军前线无疑是在后撤，父亲听闻后大摇其头。他认为，美国人完全依赖地毯式轰炸，其后再由部队进行扫荡。激烈对抗的德军和英军之间曾经有过贴身肉搏战，而这样的肉搏战这次并没有出现。

---

① 意思是"（纳粹分子提出的）生存空间（指国土以外可控制的领土和属地）"。
② Broadway Mansion，今上海大厦。

百老汇大厦

即便在日本人治下，德国人和意大利人的活动也没有停止。由于是盟友并且同属轴心国，德国人社区继续通过银行和报纸追求商业利益。至于娱乐活动，来自祖国的电影和新闻纪录片有助于解闷。奇怪的是，影院里也在播放战前的好莱坞音乐歌舞片。

战争期间，日军和德国使馆之间会举行正式的聚会。在谈及此类聚会时，德国报纸出现了一次印刷错误，这让日本人感到十分错愕。该文说，会面在新闻局（Information Bureau）的"树上"，而不是"房间"举行。这件事令人尴尬，最终德国大使道歉，这才重新修复了两国的友好关系。

1944 年伊始，希特勒青年团将其训练内容拓展到了海事训练，希特勒海军青年团（Marine-Hitler-Youth）登上了一艘意大利的轻巡洋舰"厄立特里亚"（*Eritrea*）号，这艘轻巡洋舰将在上海港停留一段时间。可我对这些兴趣寥寥，学习五十种不同的绳结、莫尔斯电码、旗语什么的，简直无聊透顶。但是，超级酥脆的大份面包卷绝不无聊，上面还涂满了黄油并覆盖着美味的超厚意大利芝士，刚出炉就让我们一扫而空！只有这顿午餐才让此行不虚！

意大利投降之时，"厄立特里亚"号正在公海上航行，并最终于锡兰（今斯里兰卡）科伦坡向英国海军投降。

1944 年 8 月，意大利特里斯梯诺运输公司的客轮"绿伯爵"号到访上海，停泊在黄浦江的两个浮标之间，正对着"价值十亿美元的外滩"的主要街道和海关大楼。

1944① 年 9 月 3 日，意大利投降，下令其海军向盟军投降。为了不让日军接管这艘 1.8 万吨位的豪华客轮，船长将这艘美丽的客

---

① 原文如此。一般认为意大利于 1943 年投降。

"厄立特里亚"号上的希特勒青年团

轮沉没了。巨轮缓慢地倾向了河床，龙骨朝着外滩方向，烟囱朝着浦东，也就是黄浦江的对岸。

日本的工程师准备要拯救这艘巨轮，他们最善于在最短时间内解决最不可能完成的任务。短短两周时间内，他们就竖起了 12 根巨大的木质支柱，每根大约 80 厘米×80 厘米粗，8 米高，呈倒置绞刑架构造，用来支撑弯曲的船腹。每一根木质支柱的顶端用沉重的钢缆相连，另一端集中在 300 米开外的外滩上的一个集合点。一大群苦力将一根巨大的铁链固定在码头旁一个城市街区的四角，铁链上的每个铁环都一米多长，船上伸出的每一根钢缆都通过钩环和暂时放置在此的蒸汽绞车连接到铁链之上。

四天内，桅杆和烟囱都朝向天际，巨轮再次浮起并被拖到了日本。到达后，轮船焕然一新，被改装成了运兵船。根据一则未经证实的报道，就在这艘船服役前不久，它遭到美国空军的空袭，沉没于一片火海当中。

1944 年年中，一艘德国的突破封锁船到访上海，这让我们有机会得以在俱乐部见到"威悉谷"（*Wesertal*）号的船员。一杯啤酒下肚，我无意中轻声提到了一个高度机密的名字，有些震惊的船员差点把我掐死。

船员们详细回忆了他们在天堂之旅突击队服役的经历，之所以有这个名字，是因为从出发的那一刻直到目的地（这一次是日本）为止，这是一条最为危险、向死的单行道。这些志愿敢死队员大多都是青少年，穿着平民服色的衣服。他们被运送到一个法国小港口，最后的 100 公里是蒙住双眼的，他们登上了船，却对目的地一无所知。待船行驶到公海之上，才接到命令。船上装载了许多专门的武器和给日军补给的物资，在穿越大西洋和太平洋途中，有随时可能被盟军发现的危险。主甲板上堆满了巨大的集装箱，上面用其他语言而不是德语做了标记。一旦受到盟军海军核实身份，船员们会提供一个假名，而这名字其实属于最近遭潜艇击沉的另一艘船。如果被识破，平民水兵就得被枪决。

最终，货船停靠了日本神户港。就在前一周，美军刚刚猛烈轰炸过那里。许多商人在飞机击中油罐车引起的一场浩劫中死去，其中也包括两名突破封锁船的德国人。大部分德国水手都是不会游泳的旱鸭子，熊熊燃烧的燃油还没有靠近，他们就吓得直接从船上跳了下去，最后淹死了。在绝望惊恐中跳到码头上的人，不是摔断腿就是摔裂屁股，因为包括舷梯、绳梯在内的所有通道，为了防止被破坏都已经移除了。

德国船员和日本人之间的关系也说不上融洽。某个深夜，三个醉醺醺的水手正跌跌撞撞地准备返回到船上，却遭到了两名全副武装的日本军官的盘问，武士刀就在他们腰间摆晃。一名水手摸向了剑鞘，他的同伴动手开揍这两名军官，一场械斗就这样在码头发生了。

埃米尔（Emil）是"威悉谷"号上的一名水手，他向我们回忆了在潜水艇补给舰上服务的经历。埃米尔当了14年厨房学徒，他的工作是准备好咖啡桶里的咖啡。水手们都喜欢他，但也爱跟他开玩笑捉弄他。埃米尔日复一日地忍受着玩笑和捉弄，这种忍耐力让水手们感到惊讶，他脸上挤出的苦笑更是让这种友善的回应显得更加完整。有一天，80名水手对这位饱受困扰的学徒说道："亲爱的埃米尔，从今天开始，我们不再捉弄你了，你和我们是平等的。"

埃米尔以一个充满报复性的微笑回应："那从今天开始，亲爱的同志们，我再也不往咖啡桶里撒尿了！"受害者们震惊到无语，立即抓住这位感到恐惧的厨房帮手，将他扔到了船舷外。虽然他们最终还是将他从水里给捞了上来，不过这也算给了他一顿教训！

1941 年，日军接管了外国租界，但猖獗多年的盗窃依旧不绝。比如说，电缆的铜线在一夜之间就会消失 1000 米。作为威慑手段，日军执行公开处决。不管何时被捕，罪犯将面临斩头处决，处决地点就在繁忙街口一个特别立起的木质平台上。这可怕的景象吸引了许多好奇的中国看客围观，气氛十分奇怪，让人不禁觉得这样一场"表演"正是为下层社会献上的免费娱乐！

战争的最后两年，日本人专注于攻击美军在太平洋上的基地，希望能借此减少美军对其本土城市的轰炸。在中国的西北部，中国共产党对日军疏于防备的柔软腹部地带发动了攻击，取得了可观胜利。

我们的教堂失窃了，三个纯银的大烛台、四个圣餐杯和一张美丽的蒙古地毯不见了。窃贼极有可能会再次光顾，卷走剩下的财物，至少我们是这样想的。我们曾经在战争游戏里用野战电话搭建沟通网，这简直是个将其用于实战的绝佳机会。我们将三个伪装观测点连接了起来，两个在教堂大门口的附近，另一个在通往学校操场的门那。我们蹲守了三晚直到拂晓，但是窃贼并未现身。缺觉引起的疲劳，以及在黑暗中持续的注视，让我们心力交瘁。后来，我们终于意识到，应该是我们的交谈和电话铃声提前给窃贼提了醒。不过，伪装自己、铺设电话电缆和喝着啤酒打发时间就已经让我们不亦乐乎了！

日军将我们一位德国朋友的房子彻底搜查了一遍，他就住在我们位于辣斐德路房子的对面。为了找一台无线电发射机，他们将所有家具翻了个底朝天，还把墙壁给凿穿了，这是因为他们的移动定位装置上显示这里有台无线电发射机。最终，他们在隔壁检测到了一台设备，随即便逮捕了一名比利时人。不过，我们并不知道他的最终命运如何，通常来说都是死刑吧。

1944 年年中，我和伙伴们自愿前往服"强制"兵役。上海的德意志劳工阵线负责组织招募，主要是在日本接受军事训练，随后搭乘突破封锁船或者是潜水艇前往德国。我们正式接到通知，即将前往东方前线（Russian Front），希望不是跟英国人或是美国人打仗，自战前开始我们就相处得十分和睦。

我们的学校在非德国人群体当中声誉极佳，并且接受各个国家的学生，按顺序来说有白俄、英国人、美国人、德国犹太人、苏联人。不管有没有希特勒，许多友谊之花都盛开了。

根据一则未经证实的报道，曾有一对德国兄弟，名字我记不清了，在北非分别为敌对阵营效力作战。一位在德国非洲军团①服役，后被英国人俘虏。受讯问时，他在英军服役的兄弟认出了他。为了纪念这种概率下的巧遇，他们庆祝了一番。表面看起来这有点牵强，但实际上，有相当部分住在上海的德国人持有第二张护照，要么是英国护照，要么是美国护照，或者两者皆有，所以这种情况当然是会出现的。战争快要结束的时候，我的老同学彼得（Peter）参加了一次对上海的轰炸行动，他在 B - 29 型"空中堡垒"（Flying Fortress）的驾驶舱里认出了他父母在虹桥的房子！

10 月底，父亲患上了腹膜炎，但是之前被误诊为胃病。由于没有盘尼西林，他严重肿大的阑尾最终还是涨破了，这种药原本是从香港空运来的。通过我们一位在上海的匈牙利朋友，一位驻扎在香

① Afrika-Korps，是第二次世界大战北非战场中控制利比亚和埃及的德国装甲部队。

港的美国海军军官设法帮我们弄到了这特效药。不幸的是，作为我们的轴心国盟友，日本人没有显示任何同情心，没有让红十字组织空运救命的药物。

由于阑尾即将涨破，此时切除似乎十分危险。根据法律，两位医生必须一致同意才能手术，但为时已晚。父亲突然在家中去世，让我们悲恸万分，尤其是母亲，她痛哭了整整三天。当父亲睡在担架上被抬走时，我跟他道了别。的确，这是我19年人生当中最悲伤的时刻。父亲才48岁，不应该这么早就走，尤其不该因误诊去世！

第一次世界大战期间，我亲爱的父亲在西线服役，时常浸在齐膝高的水、泥、排泄物和尸体中，全身都浸透了，就这样不分昼夜地持续几个月。他告诉我，他曾和碉堡里的战友分抽最后一根香烟。那时父亲被派到了地堡的瞭望台站岗，前来换岗的战友刚站上瞭望台看到了敌军阵线，就被对方的狙击手击中，正中眉心，这事就发生在一瞬间！那是在伊普尔的事了。在这个时候，我想提一下，母亲70多岁的时候跟一位澳大利亚人再婚，他也曾经在伊普尔服役，是有毒气体的受害者。这世界真是太小太离奇了！

1944年10月，父亲的去世让我没能在最后一刻加入伙伴们，前往日本接受军事训练。我不能抛下母亲和10岁的弟弟。考虑到我家的情况，这样的安排很合理，但也让我备受重创，可以说是我人生头等大失所望之事……不能冒险，不用参军，不能穿上制服，不能去东方前线。所有同学都出发了，只有我留在这?！然而，生活还是要继续，只是六个月来的梦想变得支离破碎。

1944年11月初，我父亲去世后不久，至1945年6月，作为一

第一次世界大战时的父亲

名学徒，我在德国广播电台的发射机房工作。每天早上 6 点，我负责打开长短波，依照某种特定顺序按下一系列按钮。准备工作大概需要 20 分钟。8 千瓦的传输波束的目标是驻太平洋和澳大利亚的美军，旨在用音乐和喜剧进行宣传，打击他们的士气。这样的宣传节目有《比尔和麦克》，由两名为德军工作的美国人表演。一个大型的录音机占据了发射机房 1/4 的面积。这台录音机的钢质磁带有 2000 米长，6 毫米宽，1/4 毫米厚，钢质磁带缠在 1 米宽的卷轴上，主要用来录制希特勒和戈培尔的讲话。

1938 年广播电台建立之时，就包括了德国人学校顶楼的工作室和新闻局旁边的发射机房。德国专业人员安装了所有设备。有一天，试运行装备时，一位工程师正在对设备进行微调，不慎触电身亡。他站在一张木质高脚凳上，左手扶在已经打开了的发射器上，为了稳住自己，他右手扶住了助手的左肩，而这位助手的左臂支撑在了水泥墙上。站在高脚凳上的那位工程师不到 20 分钟就窒息身亡了。

一天早上，打开发射机时，我遇到了强大的电击。在操作某个部件前盖后的手柄时，我的手不小心擦碰到了一台大变压器，那感觉就像 10 千克的大锤狠狠地敲了我的头似的。足够幸运的是，一片薄薄的稻草垫子将我的膝盖跟水泥地面分开了。我给甩出了 3 米远，死里逃生后手上留下了一个烧伤的印记。这是毫无必要的冒失，那天早上的迟到可能会让我送命！老板笑着评论道："野草不会消亡！"发射机房里强烈的电流空气让我们很不舒服，轻碰任何金属物件都会立即导致皮肤烧伤，就像摸了一块烧红的烙铁一样！

即便是德国投降，日军接管之后，我的学徒生活还在继续。我对电这种东西抱有极大兴趣，这点跟父亲不太一样。父亲是位机械工程师，他对于看不见、只能靠感觉的东西从不向往。早在 5 岁的时候，我就已经开始捣鼓电流了。有一次，我把铁衣架的一端塞进了一个"魔法"电源插座，希望自己能变成一道光。电灯泡也一直让我兴趣盎然！有一次，父母参加聚会回来后，发现整座房子都停电了。父亲感到不快，我的日子也不好过，在我挨了一顿拳脚之后，可怜的阿妈因为对我照顾不周而被即刻解雇了。

电是如此吸引我，以至于让我想要去偷电，而贵重物品根本不入我法眼。父亲去世后，我、迪特尔和海因里希打算从三根电缆①那里偷电（其中 110 伏特用于照明，220 伏特用于电力），这三根电缆恰好从我房间窗户上方经过，由我们房子砖墙旁的支架支撑。我们用胶布将两把笤帚粘起来，够到了电缆，不过由于我们只拿了一把厨房剪刀，没能把绝缘层给剪断，这次没能成功。这件事办起来着实费事，黑暗之中，我站在窗台的外沿，两个同伴抓住我的裤子和大腿帮我稳住，这看上去就像是哈罗德·劳埃德②冒险行为的再现！结果我们还是放弃了，转而寻找更加成熟可行的方法来窃取那宝贵的能量。

很快，我们就发现，只要将电器的两根电线中不带电的那根换成供水管道的地线，电表就会停止运转。真是太棒了，在这寒冷潮湿的冬天，我们可以免费用电让电暖气运转起来啦。我们管那个电暖器叫"傻太阳"，它像个盘子似的，正中间是裸露的电线，不幸的是，电压大幅度减小了，取暖器散发的热量不到以前的一半，电

---

① 可能是指三芯电缆。
② Harold Lloyd，哈罗德·劳埃德是与卓别林齐名的喜剧默片演员。

阻丝连亮都没有亮，我的老天！不管怎么说，有一些热量总比完全
没有好。

一天晚上，我打开取暖器后打算泡个澡，刚浸进去一半，就感
觉到全身上下有 10 万根针在扎我，那感觉就像弗兰肯斯坦①将要成
为"人"时接受的治疗一样！我立即意识到，我的身体已经成了电
路的一部分。就像潜水艇发射原子弹的架势一样，我从浴缸里弹跳
了出来！

在努力用上免费电这件事上，俄国同学彼得的劲头远超我们所
有人。他建了一个大型的电磁铁，大到超出仪表的测量范围，打开
之后可以让电表倒走。遗憾的是，我们后来也不知道彼得是不是每
月都能收到供电部门寄来的支票！

偷电时，那 8 根捣蛋的保险丝总是烧断，我们就用长指甲、厨
房剪刀和螺丝刀撬开插座，这样保险丝盒子就关不上了。黄铜触点
渐渐地熔化，呈小小凸起状。有段时间，母亲一直奇怪为什么她的
厨房剪刀总是有熔化过的痕迹。现在回想起来，你可能难以置
信……把自己置于这样的险地，房子可能会被烧掉！青少年就是缺
乏常识，他们总以为自己无所不知。

我的好朋友彼得也勇于尝试一些疯狂的试验，尤其是化学试
验。有一天，他将一片相当大的钠投到装了 200 升（44 加仑）水的
大桶当中。化学老师一直警告我们，这种物质只能放在金属笼里，
但彼得就是"聪明"一些……那些东西在他耳边炸得七零八落，彼
得为此失去了两根手指、一颗门牙，一只眼睛也受了伤，他看起来

---

① "弗兰肯斯坦的怪物"最早出现在玛丽·雪莱创作的小说《科学怪人》中，弗兰
　肯斯坦其实是创造怪物的疯狂科学家的名字，但现在普遍用"弗兰肯斯坦"指代
　怪物。

就像是在有老虎的笼子里待了5分钟！他真是个疯狂的家伙！我们
对他疯狂的冒险行为佩服得五体投地。一星期后，他又笑嘻嘻地出
现了，就像一个戴了黑眼罩的海盗！一天，他腰间挂了一把武士
刀，头上包了块黑布，如果再有一段腿的残肢，肩膀上再站只鹦鹉
的话，这画面就完整了，活脱是Hardi-Harhar①！

　　彼得的父亲在沙皇时期有贵族背景，他在战争初期从日军手中
获得了从后方收集小口径武器的特许。他就在家进行实验，通过距
离砖墙很近的射击来测试这些武器的穿透性。从地板到天花板都有
弹孔，看上去就像是令人费解的展览。

　　在一年一度庆祝沙皇生日的仪式上，彼得的父亲穿上了全套俄
国制服——上面缀满了缎带和奖牌，接受女士们行屈膝礼并亲吻他
的手。

　　在学校里，彼得有时会"走私"一些武器到班上来。每当老师
转过去面对黑板的时候，要么会有一颗手榴弹冒出来，要么就会有
一把六发式左轮手枪的枪口对准他。

　　一天，我们在虹桥的一个院子里发现了一些小型武器，那个院
子犹如宫殿一般，但是已经荒废了，杂草丛生。在那里，我们把手
榴弹扔进了一个废弃泳池炸鱼，等鱼浮到水面后，就能美美享用一
顿了，我们真是无法无天。还有一天，我们绕着喷泉，飞速骑着自
行车。结果，我的车滑到了沟里，苔藓下面居然是水泥地，我的头
撞到地上擦伤了，连带划伤了颧骨。一位反应迅速的女医生——来
自荷属东印度的难民，给我的伤口擦了点双氧水。我看上去就像得

---

① "Hardi-Harhar"疑为"Hardy-Harhar"，为动画片 *Lippy the Lion & Hardy Har Har* 的主角之一。Lippy是一只狮子，Hardy-Harhar是一只鬣狗。

了狂犬病，脸上的一边好像有泡沫在燃烧一样。由于治疗及时，我脸上没留下一点疤痕。

父亲有位单身朋友，几年来，他雇了一名会烧饭的男仆来照顾他的生活起居。有一次，这位朋友得到了一瓶非常昂贵稀有的"轩尼诗"白兰地，为此，他骄傲地将其放在壁炉上展示，偶尔小酌几口。两周后，他发现酒瓶里的宝贵液体在逐渐消失。过了些天，他怀疑男仆做了这极其令人不快的事。于是，他将剩下的酒倒了出来，装了自己的尿液进去，并每天都在瓶子上做标记。当然啦，刻度每天都在下降。于是，一周后，他质问仆人，要他解释清楚。男仆断然否认了曾经偷酒，用半生不熟的德语解释道："我每天都用一点白兰地来给主人您做糖渍水果和布丁呀！"

上海大约有 4 万白俄，他们都宣称自己是俄国沙皇直系或者非直系的后代，不是王子就是公主。这完全可以理解，因为这样一种来自过去的身份，即便是假的，也让这些因为俄国革命而失去国家的难民们对未来有了一些希望，以期终有一天能够回到祖国。

就像我们学校其他的俄国学生一样，我的好朋友弗拉基米尔也加入了希特勒青年团，而且比他的德国同学更加热爱德国，可以说他"比德国人还要像德国人"。不管我什么时候去他家，他都会让我在前门等一小会儿，这样他就有足够的时间佩戴他那枚铁十字勋章，在他最爱的"蓝色多瑙河"圆舞曲的旋律下，趾高气扬地在房间里踱来踱去，活像一只公鸡。他虽然有一些怪异又十分严肃，但一直是位非常忠诚的朋友。

许多德国雇员刚刚调任到上海分公司的时候还是单身，后来也跟俄国女性结婚了，这些女性愉快又痛苦地学习着德语，结果在咖啡会或者其他社交场合的时候，谁也不懂她们在说什么，有时则会很尴尬。有一位女士在提到和她的床单有关的一次事件时，说她的床罩被扯破了（德语是"zerissen"），但是她跟"zerschissen"弄混了，而这个词的意思是"胡说八道"！

第四章　1945 年

　　人生中第一件让我极其失望的事就是没能服兵役，这件事影响了我三个月之久。

　　1945 年 1 月初，我刚过 19 岁生日，希特勒青年团的武装党卫队一级突击队大队长就征召我加入纳粹冲锋队，这是在特定年龄必须要踏出的一步，也是提前塑造年轻人心智的延续，这种塑造早在 10 岁参加希特勒青年团的时候就开始了。我们那时就已经立下誓言：

　　　　我承诺，
　　　　在希特勒青年团里，
　　　　无论何时都怀着爱与信念，
　　　　履行我的职责，
　　　　来协助我们的元首。
　　　　我发誓，上帝做证。

　　我们受到的教导是，要"像克虏伯的钢铁一样坚硬，像皮革一样强韧，像灰猎犬一样迅捷，最终奉献你所有，成为训练有素的战斗力，必要时献出生命"。

现在，悲伤将我淹没。凭着我1.91米的身高，我已经预见到自己站在纳粹冲锋队队列的第一排，挺胸收腹，穿过学校的操场和新闻局附近的场地，穿着崭新挺括的棕色制服、马裤和皮靴，那简直就是梦想成真！那时这一切都让人兴奋极了。

然而，我不会收到制服了，这悲伤的消息让我一蹶不振，这是人生中第二件让我极其失望的事。天堂在我头顶轰塌："说真的，究竟为什么？没有制服和皮靴就不能参加游行？难道我就该承受这些?!"团队领导迈耶（Meier）反驳道："你冷静点，没几个月战争就结束了……制服到时根本分文不值……我们已经输掉战争了。此外，我们也不知道你靴子的尺寸。"所以，我只能忍受没穿制服就去操练，穿着短裤和普通的皮鞋让我看起来傻乎乎的！他们甚至不允许我穿自己的长靴，因为"我们可不是一群逃跑的疯子"。

谢天谢地，即便我没能加入纳粹党，他们也让我回到了希特勒青年团。至少，我的旧制服可以派上用场了。

作为宣传阵地，德国广播电台原先旨在以南太平洋地区的美军为目标做宣传，现在反倒成了美国人的轰炸目标。

3月的一个下午，空袭警报响起，这意味着美国人的轰炸开始了。军队像往常一样封锁了所有主要街道的路口，日军架起了高射炮向高空中的侵略者猛烈开火。四架B-29型飞机，也叫"空中堡垒"，肉眼根本看不见，但是就那么一分钟，反射太阳光暴露了它们。这些飞机发出微弱的轰鸣声，像是广袤天空中银色的鱼。我们在机房里目睹到，一片大概手掌大小、滚烫的红色锯齿状碎片重重砸在了距离我们发射机房仅一米之遥的地上。怪异的嗡嗡声逐渐减弱消失了，但是糟糕的是，天空中有12个小点以60度角向我们逼近。我心脏骤停，脑子里闪现的全是极端的想法："它们是冲我们来的?! 再见了，甜蜜的生活。没有任何掩护，没有防空洞……我不足 20 年美妙的人生就要这样过去了，现在就得蹬腿翘辫子了，我太年轻了，我还不想死啊。"不过还好，上帝一如既往地站在了我这边。炸弹冲向了静安寺路公墓，第一颗炸弹就在路对面，距离我们大概 150 米。现场一片狼藉：树木沉重的枝丫、石块、满天的尘土、奇怪的骨头，还有一丁点墓碑碎片，纷纷从天而降。

欧洲防线彻底崩溃，这让日本人不分昼夜地守卫着发射机房，以防止德国人毁坏。5 月 3 日，我们接到了希特勒自杀的消息，随后在 5 月 8 日德国无条件投降。发射机房一名讨人喜欢的日军守卫，听到消息后备受打击，哭得就像个孩子，因为他知道日军投降也是迟早的事。

5 月 9 日，所有冲锋队和希特勒青年团的队伍——总共 250 支，着制服在学校操场集合，一名队长冷漠且平静地发表了讲话："元首已经去世，我的同志们，在此我解散所有队伍。祝你们今后幸福好运，再见啦，一帆风顺！"

尖叫和喧闹打断了典礼。学校操场旁边，飘起了一面有镰刀和锤子的苏联旗帜。无论投降与否，这都让人无法忍受。我们三个人冲了过去，争先恐后地把那面旗扯了下来，这也是战争结束一天后我们唯一的战利品！这面旗子我保留了下来，后来作为第 46 号藏品，同其他东西，像是路标啊，门牌号码牌啊，警帽啊，内裤啊，硬币啊之类的东西，一起放到了我们位于辣斐德路的地下室里。同学们在路上挥着手朝我喊："沃尔夫冈快点，带上旗子，我们得快点赶回学校，几千个苏联人（其实总共也就 30 个）要我们把旗子还回去，否则小命不保！"我最后一次脱下制服赶了出去。我有种奇怪的感觉，好像失去了对我能力的控制。

8月14日，日本投降。至少对我们来说，这没有什么好让人兴奋的。珍珠港事件当天被关押进两座集中营的英国人、美国人和荷兰人，现在在欢庆重获自由。其中一间集中营的管理非常严格，另一间则有点像"假日营"，在那里的700多人因为一位比较和蔼可亲的管理者而受益。拘留在这里的人戴上特殊的臂章后，可以获准两周回一次上海。集中营守卫森严，周围都是带刺的铁丝网，探照灯每10米就有一个。晚上，外面的人，也包括你们亲爱的我，会偷偷运送食物和香烟进去。站在一旁的日军守卫远远看着，或者假装这一切没有发生，望向别处！

我们仅知道有一所战俘营位于浦东，关押在那里的英国士兵就没那么幸运了。有一些可怜的人被上了水刑，水从鼻子灌进肺里，这几乎能让犯人溺亡或者窒息。

从德国传来了一个悲伤的消息，战前我最要好的同学赫尔曼（Hermann）幸运地从苏联释放归国。他的心智看起来就像老年人，坐在凳子上一直盯着窗外。差不多10年前，下巴刚长出第一撮绒毛的时候，在他12岁那年——生命中的无邪时光——由于上海不确定的未来，他随全家返回了德国。

我们用弹弓弹人家窗户，或是把玩具车上的小轮胎塞到彼此的鼻孔里，这些仿佛就发生在昨天而已。有一次，赫尔曼不得不去医院把那种小轮胎从鼻窦之类的地方给取出来。

其他日子里，我们就从一间中国人开的大型糖果店里偷铜板或硬币，这家糖果店位于善钟路①的路边，有长长的开放式柜台，出售各种棒棒糖。顾客付钱之后，店员将硬币扔到很远角落的容器

---

① Route Say-Zoong，今常熟路。

里，铜板的大小像老式的澳元硬币一样。不是所有铜板都能扔进去的，有一些会砸到墙，之后滚到地上。我们目睹到这些，就开始动起脑筋来，心里想着："哈哈，我们可以合情合理地拿到这些硬币啦！"糖果店的老板当我们是熟客，允许我们在店内随意来往。我和赫尔曼决定利用这种"重大机遇"。我们找来了一些黏性很强的胶水，中国人会用这种胶水涂在竹竿的一头来粘树上的知了。我们涂了一些在鞋底上，走进了商店，用脚跟来平衡——就像踩高跷一样，在布满硬币的地方"采"到了一些铜板。粘在鞋子上运出来的财富最终还是原路返回了商店——我们全都用来购买糖果了。

有一次，我们在主人父母的两个床头柜那翻箱倒柜，发现了一个圆形皮匣子，里面装着领扣和避孕套，我们扎破了避孕套。之后几个月，我们苦等家庭能增加一名新成员，却没有等到！

我的天，六年之后，赫曼的人生终结于东方前线，徒留一副躯壳，真是荒唐。

在日本的战争机器于 8 月崩溃之前，毛泽东领导下的共产党试图向蒋介石的国民党提议，建立联合政府以便集中各自资源与日本作战。但由于某些原因，蒋介石拒绝了这一要求，双方最终没有达成协议。

德国投降四个月后的某天，我在商业区闲逛，碰到了以前希特勒青年团的副队长。我立马双脚并拢，挺起胸膛，再一次收紧臀部，就像上好发条的机器人一样！这反应完全是自发的，如同已经设定好了的电脑，或者可以说，被洗脑了。他笑了笑，温柔地说道："别傻了，你这立正站好迟了四个月哦，忘记过去向前看吧！"这一次他没有朝我大喊！

德国宝隆医院位于白克路①，像所有德国资产一样，这栋四层建筑遭到查封。好奇之下，我们再次打算闯进去看看。在模拟紧急训练中，我们用担架抬着"活尸体"穿过了急诊病房，强行推开了转门，这门似乎总是会夹到后面搬运者的手指。

我们发现了许多橡胶制的头盖骨，这是给中国的医学生教学用的。楼上的门厅成了我们的保龄球场，头盖骨上的眼眶和口腔就是现成的洞，手指可以伸进去，抓起来后，远远地投向电梯门。

我们对破门入室的冒险抱有极大兴趣，目标仅限于曾经属于德国的资产。我们的学校已经变成了废弃建筑，但是有人看守。于是有一天，我们爬过敞开的厕所窗户重访了以前的教室，将化学实验室里能带走的洗劫一空。此外，我们还突袭了大储藏室，拿到了8毫米的教学影片和许多留声机用的唱片——转速为每分钟78转的那种，现在看起来非常古老了。一开始，一名体格强壮的中国守卫就对我们有所防备，按照预先想好的那样，我们引他来追，追到休息室的时候，他已经精疲力竭了，像一头美洲狮失去猎物后那样气喘吁吁。

日本投降后，一些美军连队开进了上海，但是在年底，大部分美国大兵就返回美国了。美国军官及家属都安置在百老汇大厦，这栋十八层的建筑位于外滩北端，南邻横跨苏州河的外白渡桥。百老汇大厦的一至三楼是美军分遣队基地医院（U. S.-Army Detachment Base Hospital）。

一开始的几周，上海不见中国军队的踪迹。有一支只配备了警棍的日军小分队，十分英勇地在中国政府部门大楼和军火库附近巡

---

① Burkill Ave.，今凤阳路。

逻，以防止武装的中国暴徒前来抢掠。最后，美国空军从重庆运来了中国军队，接管了这座城市。

日军溃败也导致了德国广播电台的关闭，有两名为轴心国工作的美国人死了，在战时他们负责对太平洋地区的盟军广播宣传。日常播出的广播节目中，有一档娱乐节目叫《比尔和麦克》，这个节目用美式风格来播报日常新闻，主要播送对象是远东地区的美国大兵。两名主持人善用美国人喜欢拖长腔调慢慢说话的方式。其中一人是菲律宾裔美国人，他在日军投降那天从我们学校的五楼一跃而下。另一个美国人毫无征兆地消失了，他还是位著名的游泳运动员和跳水运动员，有人推测他最终也是自杀了。第三位广播员有着完美的美国口音，同时也是广播站站长，他其实是德国人，但在哈佛大学接受了高等教育。

德国广播电台最著名的播音员取了一个具有贵族气质的英文名，这样才与他对于英语的娴熟运用相配，他被认为跟著名的"哈哈勋爵"① 属于同一阵营，后者在战后以叛国罪被处以绞刑。英军进入上海后，立即逮捕了他，怀疑他就是另一个"哈哈勋爵"。让英军感到沮丧的是，他拥有德国护照。在进一步调查之后，他们只能释放了他。出于父母希望他能掌握多门语言的期望，战前，他曾在牛津大学求学多年。

第二次世界大战结束后的几个月，我们并不知道欧洲的集中营还在继续消灭犹太人和"政治犯"。8月日本投降后不久，我们听说成千上万人在集中营因毒气浴致死。本地的美军报纸《星条旗报》

① 即威廉·乔伊斯（William Joyce），美国出生的英国法西斯主义政治人物，第二次世界大战期间纳粹德国对英国广播的播音员。

（*Stars & Stripes*）指出这些消息均属捕风捉影，并且跟灭虱营混淆了。然而，仅仅两天后，报纸就登出了与之前完全相反的消息，证实了毒气杀人确有其事。我们对此感到震惊和恐惧！因为在那之前，我们一直认为集中营只是在独裁极权治下，普通地拘留一些不良分子而已。一开始，我们是从英国人那里知道"KZ"①或者说集中营的存在的。英国人率先在非洲的布尔战争（Boer War）期间建造了集中营，后来在巴勒斯坦也如法炮制了。

美国陆、海、空三军进驻上海内城后，这里就变成了一个大型娱乐中心，遍布着无数酒吧和夜总会。仅主要街道的一侧，就有223家低级小酒馆！这些娱乐场所充斥着到访的海军和空军士兵。美军水兵和陆军士兵常常拳脚相向，这也算一种世仇，尤其是要争夺俄国酒吧女郎的时候。军队警察和巡逻队处理这类纷争非常残暴，处理过后，酒吧里和警棍上全是血迹和肤发。

妓院前的队伍总能排上五到十米，美国人巧妙地管妓院叫"猫屋"。水兵们必须在晚上 11 点前回到船上，否则的话会以擅离职守罪论处，这会扣掉一两天上岸的假期。越是临近最后期限，一些水兵不耐烦的情绪越是容易点燃，想要插队，这就引起了许多血腥的拳脚相向。巡逻队到处巡视，意在寻找下一个接受擅离职守处罚的倒霉蛋，买春的客人不得不分散在或两层或三层残破失修的妓院里，像小孩一样躲在厕所里、沙发后和等待室的门前。

最初，位于百老汇大厦的美军医院根本应付不来感染了性病的士兵们。为了缓解这种情况，军方在内城里每隔一个街区以及娱乐区内，都建立了"预防套装站"（Prokit Stations）。这种"预防套装

---

① 可能是"konzentrationslager"的缩写，"集中营"的德文。

站"会分发作为预防措施的套装——每一个棕色小信封里都装着一
小片磺胺嘧啶。此外，信封内还有一根沾满了消毒皂液的棉签，用
于清洁胯下。

美国水兵用德语交谈?! 我们大概每天都会看到两三次! 那个
时候我们感到十分震惊。德军突破阿登地区①时说英文是合理的，
但这是在中国，而且是战后! 后来我们才知道，美军征募了成千上
万德裔美国人送去日本，这批人主要在美国海军服役，这是为了防
止他们跟德国亲戚有任何接触。

许多漂亮妞儿随着美军家属一起来到上海，这一定程度上缓解
了战争期间聚会上女性紧缺的情况，那段时间聚会上的男女比例一
度高达四比一。

1941 年 12 月，同盟国国家外侨社区的商社和学校又重新开放
了，日军占领上海后，这些机构曾经一度关闭。

到后来，平民替代了美军士兵驾驶军车。谢谢老天，我找到了
人生第一份工作，就是开吉普车，每月工资 65 美元，可以说相当
不错。每天，我都前往上海的主要车辆调配场——跑马场报到待
命，将军官们送达他们的目的地。我得将少校和中尉们送到特定的
妓院或者女朋友那里，一小时后再去接回。大部分司机都是没有国
籍的白俄和德国犹太人，他们在战争年代饱受饥饿和失业之苦，这
份新工作对他们来说无疑是雪中送炭。

有时，上司准许我将吉普开回家，我便热切地抓住这机会，开
车去城郊玩儿。一天晚上，我带上了女朋友露丝（Ruth），两人一

---

① 德军突破阿登地区是指突出部之役，也称"阿登之役"，交战双方为德军和英美
盟军，突出部之役是美军在第二次世界大战所经历最血腥的一役。

作为一名司机的我

起去地处沪西的虹桥上驾驶课。漆黑的乡村小路上只有车前灯指引着方向，开着开着，我们忽然发现大约有六盏摇曳的亮光从远处向我们靠近。由于那段时间，有成群结队的武装土匪在郊区出没，我们旋即逃走。几声枪响后，车无法加速，我感到怒火中烧。我们强行让车停下，但车子却翻滚到路边的沟渠里去了。后来我们才发现，那些也受到惊吓的劫匪其实是打着手电、骑着自行车的中国警察！

相当数量的德国犹太人是战前从欧洲来的难民，他们也在美国人那里找到了工作。作为唯一的德国籍司机，我和犹太人同事们相处甚佳，还帮他们做翻译。车辆调配场位于著名的跑马场主建筑当中，为军事活动准备的练马场也在附近。某天，一列美国海军陆战队正在场地上操练，这时一位犹太人司机评论道："看这一团糟，都笨手笨脚的，他们真该向德国少年团学学操练技巧。"

有段时间，我们负责运送港口船上的美军冷冻食物补给，开着6×6吨的卡车，将堆成山的冷冻肉类运送到附近的冷冻室。卸货的时候，有些司机给自己弄了两根火腿，藏在身体两边，皮夹克正好能盖住。他重了足足 20 公斤，脸上绽放着羞怯无辜的微笑，就这样径直从军队守卫面前走过。黑暗掩护之下，在人烟稀少的场地上，这个把戏似乎行之有效，尤其是当夹克的拉链无法好好拉上的时候。有个家伙偷走了小一点的火腿，放在背后紧紧地用腰带系住，这样子真不堪入眼，他让我想起了巴黎圣母院的驼子①，只不过驼背转移到了腰线以下。火腿的骨头从他臀部下方伸出向下，就像打断了脊梁骨一样！不过白天的时候，大家都别无选择，只能躲在司机室（driver's cabin）里狼吞虎咽下大块火腿。一些被啃食过

---

① 即雨果小说《巴黎圣母院》中的人物卡西莫多。

上海跑马厅

的火腿出现在了储藏室里，这让冷藏室管理者向运输船的监管者抱怨说一些区域有老鼠出没。

12 月的一天，朋友汉斯（Hans）激动地打电话来，说："我们得赶紧去江湾机场，6 架日本重型轰炸机停在那儿，我们可以卖上面的零件挣点钱。最棒的是，那里的入口没有警卫看守！"这句话像道闪电击中了我，美元的符号就在我眼前一闪一闪。第二天一早，我们组了一个 6 人突击队，骑着自行车直奔机场。

完全没有警卫，太棒了！6 架巨大的轰炸机，看上去跟德军的"亨克尔 111"① 一模一样，每一架都有三米高，为了防止淹水，两边的机翼和机尾下各有一根木桩支撑着。这些庞然大物伫立在一片泥地当中，旁边围绕着马蹄状的土堆以防炸弹碎片落下。

我们迫切希望能赶快开始解体飞机，但是首先得想办法钻进机身，爬上三米高的飞机可不是件容易的事情。我们想起了"不来梅的城市乐手"的故事，故事里有一只狗、一只猫和一只公鸡，一只站在另一只的背上，最后全站在驴子身上。于是，我们腰间别了麻布袋，叠罗汉进了飞机，最上面的伙计在上面把我们拉进去。就像贪婪的秃鹰一样，我们把所有类型的零件、所有能从仪表盘上卸下来的零件搜刮一空，支架上牢固的零件我们也徒手掰下来了。即便是雷达管、发射器和接收器都得为了我们火热的发财之心让道！我们随后开始倒腾第二架轰炸机，6 个人用几根结实的绳索拴住了一个控制轮，竭力试图将它从承槽上掰下来。这样做破坏了飞机的平衡，机身和一侧机翼从支撑它们的木桩上滑了下来，整架飞机砸到了下方的泥地里。我们 6 个人一起落在了有机玻璃头锥上，那会

---

① "Heinkel 111"，第二次世界大战期间德国空军使用的一种中型轰炸机。

儿，我们看起来像是被击落下来的一样。

第二天一早，我们就迫不及待地把"纪念品"典当了出去，又有钱办 Party 了。无线电商店、典当行对我们刚入手的这些后面还晃荡着电线的特殊物件兴趣颇丰！

但是两天后，随着一阵急促的敲门声过后，一位姓陈的少校和三名特别军事警察破门而入，他们身着黑色制服，跟纳粹党卫队的制服很像，不过他们的围巾是白色的，还携带着鲁格手枪。灾难降临，我被逮捕了。登上一辆军用卡车后，我发现三名同伴已经在押了，他们局促不安地对我笑着，像小兔子那样害怕。汉斯颤抖着对我说："他们说要枪毙我们。"顿时，我的心脏停止了跳动！我最好的朋友迪特尔是最后上车的，他父亲是一家德国银行的经理。可怜无辜的母亲们泪如泉涌，对着他们的儿子做最后的告别。

他们是怎么找到我们的呢？后来才知道，迪马这贪婪的家伙，前一天又折回机场，偷了一块 36 伏特的电池。不知何故，他把这东西放在自行车后座上，经过军队守卫面前时，他被绊了一下，电池掉了出来。这名军队守卫急切地想要扶他起来——他们偶尔会这么做——然而却发现电池很有可能是偷来的！迪马被捕后就出卖了我们。

总而言之，246 个零件和器材必须得全都找到，否则就像陈少校威胁的那样："只要少了一块，要么你们全都得枪毙，要么我就得上军事法庭！"他告诉我们，他可不准备面对任何审讯或者搭上他的军人生涯。大概一周之内，所有的零件都完璧归赵。军队警察没收了我们的"纪念品"，商店老板们也挨了打，因为他们接收了赃物。之后的三年，陈少校成了我最好的中国朋友，最后成了一位寻欢作乐的军官。1949 年共产党接管前夕，他带着新买的哈雷摩托飞往台湾了。

第五章　1946年

1月，我们6个人在美军车辆调配场和修理厂找到了工作，这幢两层建筑位于迈而西爱路①。在战争期间的两年半学徒生涯中，我们仅学习了内燃机工程的理论知识，并不足以成为完全合格的技工。在车辆调配场，美国人慷慨地给了六个月的带薪实习期，这让我们最终成为美军标准的二级技工。

德国指导老师花了大量时间教授我们发动机调整的精密技术。考试时，每个人都需要完成从零开始组装吉普车发动机的任务，最终我们得让它能够点火并发出轻微的咕噜咕噜声。一开始，指导老师完成的首次装配为我们树立了一个光辉典范，装配进行得顺畅无比，但是发动机就是不启动。他查找了所有环节，从定时链到分配器齿轮，再到电池的断闭点，反复查了几次，但是只有起动机在完美运转。他感到不可思议，挠着头，嘟囔着明明所有设置都是正确的。这可怜的家伙不知道我们在排气管里塞了一个大土豆，我们把它放在了出口处，还用工装靴的跟将它踩实了！

有一天，他站在运送武器的车之间，我刚好发动了其中一辆，没注意到车子锁定了排挡，将他的腿夹在了两根保险杠之间。这可

---

① Rue Cardinal Mercier，今茂名南路。

怜的老兄大腿复合性骨折，在医院躺了四个礼拜。

我们修理各种类型的军用车辆，无论是 3.5 吨 6×6 卡车、武器运送车，还是吉普车，主要检查刹车和耦合。车辆调配场的长官曾经表扬过我们，尤其是在快速翻转车辆和干最脏的活儿的时候。

有件事说起来没什么光彩的。有一次，我接到任务去检修三辆 6×6 卡车的刹车，如果有必要的话，还得用汽油或者是任何累积在鞋里衬的刹车油清洗刹车。干活时，我不小心踢翻了半桶汽油，汽油淌到了旁边的卡车下方。我点了一支烟之后，该发生的事发生了，眼前是我制造的一个蔚为壮观的地狱，这让我心惊胆战，熊熊火焰从六辆卡车下方窜了出来，火舌舔着运输车的帆布罩，底盘上浸满了油的泥土开始熔化，像熔化的蜡一样淌到了水泥地面上。我拉响了警报，尖叫到喉咙嘶哑！惊恐之下，三十几名美国大兵和平民跌倒了，一个个撞向了堆起来的灭火器，摔了个四仰八叉。附近恰好有消防队在训练，再加上十几桶沙子，终于将这场大火灾给控制住了。我感到很难受，看来立即解雇是在所难免了，我怎样才能说服自己接受这个事实呢？让我惊讶的是，我甚至都没有受到任何责备。然而，负责储存和维护的一名负责人不得不承担后果，最终被开除了。我又能轻松呼吸了。

阿布拉莫夫（Abramov）是个有意思的俄国人，他负责掌管油类和易挥发液体部门。他占山为王，这山头就是一间小小的储藏室。谁胆敢侵入到这个山头，那只能祈求老天保佑。阿布拉莫夫胡子拉碴，形容憔悴又漠然，极其低沉的声音仿佛来自一台老式留声机，而且这留声机不仅以正常速度的四分之一在播放，还跳针。那是个冬天，温度在冰点之下，天寒地冻之外，湿度还可恶地达到了 80 度。早上，阿布拉莫夫来上班时已经快冻僵了，他就舒展舒展胳膊让自己暖和。他径直走进储藏室，拿了一个高身玻璃杯，倒满了按照 1∶1 的比例混合的闻起来甜甜的绿色刹车油和"防冻液"！随后他两大口吞下！他双眼聚焦在一点，盯了好几秒钟，接着极其痛苦地咳嗽起来，足以让看到此景的人都吓慌了神。看起来，他把自己都给咳出来了。阿布拉莫夫的眼睛像金鱼般凸起，口水在下巴的胡茬上晃来晃去。五分钟后，他完全爆发了，鼻子有如一根粗壮、满是疤痕的胡萝卜。只有看过的人才能相信。我们听说过，20 年代的德国汉堡码头曾经有人喝灯油，相比之下，那还算正常的了。阿布拉莫夫一定有一个坚强的胃，里面的消化液一定含盐酸！

有一天午饭时间，我们发现了两只发情期的狗。这时不知道从哪儿开来了一辆吉普车，上面坐着三名美国海军上尉，他们一个急刹车停了下来，兴奋地按起了相机。两只狗中断了他们的"促膝谈心"，冲到了路对面的停车场，那三名海军上尉拿着相机也追了过去。为了拍更加感性的镜头，其中两名海军上尉躺在了地上。真是不可思议啊！整个过程发生在并不情愿看到这一切的观众面前——一些正在吃午饭的天主教学校女学生。

美军雇用的中国平民很快就学会了通过罢工来涨薪酬。美国人挺慷慨，每次都给他们涨不少。相比之下，人力车苦力和三轮车车夫对于双方同意的车资倒没有丝毫疑虑。然而，客人给的额外赏钱却总能引起不满。就是说，如果客人能付额外 10％，那么 20％也该付得起咯？这心理十分奇怪，或者说这是对于慷慨的惩罚？

某天，我们车辆调配场的中国司机决定罢工。我们这一组被要求随时准备出特殊任务，每个人都能挑选一辆自己喜欢的车。棒极了！我迅速决定选一辆救护车。这新奇玩意儿的鸣笛能给你无所不能的力量，它能奇妙地开辟你面前交通堵塞的街道，过去我只能在

载客的人力车

人力车苦力的吃饭时间

梦里实现这一切，还有什么比这更令人兴奋的呢！没过多久，我就接到指令要速速前往江湾机场，去那里接一位受伤的美国大兵并将他送往医院。机场位于城北，距离城里 10 公里。

我感到热血沸腾，这次真的掌控着汽车并且启动了引擎。我兴奋到有点颤抖，将车挂到一挡，拉响警笛，踩下了加速器。接下来是挂空挡，但是变速杆没法调到二挡或三挡，相反，我遇到了排挡的大麻烦。那时我还不知道双离合需要挂空挡才能平稳切换，可怜的我没法子，只能继续挂一挡。我前方 200 米都畅行无阻。人力车、三轮车和任何能移动的车辆都停了下来。我成了街上大概 501 只眼睛的焦点——其中有一名独眼乞丐。我感到尴尬无比，时速只有 10 公里，但引擎在高速运转，警报在尖声鸣叫！救护车、中型吉普车和控制面板工作的设置都是一样的，有五个前进挡，第一挡一般来说从来不用，只在爬极其陡的坡时才用。最后，开过两个街区之后，我做了个英明无比的决定，那就是让车完全停下来，然后重新挂第四挡启动，让离合器打滑以避免熄火。这的确是个绝妙的办法，但是离合器壳体散发出刺鼻的浓烟，似乎是在抗议。最后结果还是皆大欢喜的，那位美国大兵还活着！

某个星期天下午，在一条拥挤的街道上发生了上海史上最严重的一起交通事故。一辆美国 3.5 吨位、前方带钢缆绞车的军用货车以极其危险的速度，横冲直撞地经过了美琪大戏院，大概行进了300 米后，留下如战场一般的惨象：17 棵梧桐树连根拔起，每一棵直径都有三四十厘米，现在横七竖八地倒了一地；一个伦敦常见的那种红色水泥邮筒，在冲击之下也解体了；一辆奥斯汀牌小轿车歪斜地撞到了石墙上，里面的司机不幸身亡；一辆三轮车也被撞倒了，车夫和两名乘客身亡，他们的脑浆和坐垫里的稻草四散在路上；

三轮车

三名行人当场殒命；两辆停在路边的车完全毁了，还有一只狗也遇难了！卡车逃脱了侦查。由于所有美军职员都有不在场证明，他们怀疑一个喝得烂醉的平民司机就是肇事者。自那天起，所有的军用车辆都挂上了牌照。

战争结束后，内城的交通日益恶化。高峰时段，一辆车通过四个路口，得花上 40 分钟。大量涌进的乡下人全无一点交通意识，这也造成了恐慌。困惑的农民和他们的家人从没来过大城市，他们就像受惊的牛群一样横冲直撞。有一天，我开着一辆 6 * 6 卡车经过内城，遇到一对年轻的农民夫妇，他们绝望地困在缓慢移动的车流当中，在我的保险杠前面跪了下来，双手合十不断地鞠躬，好像在说着"请，请"，乞求着不要夺取他们的生命。我深受触动。"请别从我们身上碾过去"，他们发出的请求尖锐又清晰。

一开始，沮丧不已的交警还耐心处理十字路口的混乱状况。后来，他们有时也会感到崩溃，然后一走了之，徒留被团团围住、朝着各个方向的车流。有一次，六名警察足足花了 1 个小时来解决瘫痪的交通。

继上次救护车的经历之后，我又撞上了霉运，不过这一次没有警笛帮我开道了！我得运送 15 个容量 200 升的空油桶，全部油桶只用一根细绳固定在后面的货舱里。在内城一个繁忙的十字路口，当我想要趁绿灯变红灯之前加速通过的时候，绳子断了。货舱里的货物轰隆隆地掉落在路上，散落在行人中间，撞翻了三轮车，车上的客人也跌到了路上。其中一个油桶撞倒了巷口的一个面摊，撞飞的珍馐最后在一家内衣店的展示橱窗上荡来荡去。混乱当中，一个小偷从卡车里偷走了我的爱克发（AGFA）箱式照相机。

在那个年代，相机可谓弥足珍贵。我的夙愿就是买一台徕卡相

一个街头面摊

机，但是徕卡的价格相当于我四个月的薪水，我可付不起！所以，
我打算前往市中心一条小街上的二手相机店看看，这条街上大概有
二十几家商店，售卖着几千台相机，大部分相机都来自被苏联人俘
虏的德国囚犯。巴尔达塞特相机①满足了我所有幻想，它甚至还有
内置测距仪，这在那个年代可是值得好好吹嘘一番的。

　　由于大部分美国军人返回了国内，到了 7 月，美军的修理厂和
大型车辆调配场停止运作。美国人大规模销毁了他们的设备，但是
有一部分工作人员和扈从依然驻扎在百老汇大厦，这里也依然是美
军分遣队基地医院咨询小组（Shanghai Detachment Hospital of the
Army Advisory Group）的所在。

　　我们这帮人在斯图贝克②找到了临时的新差事。我们得装配运
送牲畜的 10 吨位的卡车和半挂车，这是计件工作，报酬不菲。运
送的货物打包装在集装箱里。我们很喜欢这份工作。在大钢架和起
重机的作用下，大型车辆就在开放的围场上成形了，每一个部件 50
美元。事情并非总是一帆风顺的。加油的时候，阿诺德（Arnold）
掉了一颗螺母到变速箱体里去了，我们一度泪洒当场。还算有点运
气，我们移开了箱盖，用磁铁将螺母给吸了出来，否则的话，我们
真的得当场掐死他了。

　　7 月初，美国人强行将所有纳粹党成员遣返回了德国，包括他
们的家人在内，总共 800 人，登上了"奥索尔诺"（Osorno）号轮

---

① 巴尔达塞特（Baldaxette）是一款内置耦合测距仪的折叠相机，由知名德国相机
制造商巴尔达（Balda）于 20 世纪 30 年代中期推出。在第二次世界大战之前，巴
尔达生产了大量中等价格的折叠式相机。
② Studebaker，是一家美国马车、汽车制造商，也为军队设计、制造过装甲车辆。
该公司由德国移民创建于 1852 年，1966 年倒闭。

船。已经去世的父亲不在此列，这也让我们得以逃脱这场磨难。然而，最终能够回到父母出生的国家总是好的，毕竟那里总会需要年轻人的智识。此外，那里还有一笔钱，足以负担我和弟弟继续接受教育。1944年，父亲去世后，有一份健康人寿保险可以赎回给我和弟弟使用。但是，由于战争结束，德国马克全面崩溃，这份保险就无法兑现了。

8月，我在一家比利时进出口公司当学徒，这家公司虽然小但经营有道。公司老板是我见过的最吝啬的人。我做的净是日常琐事，在银行和其他企业之间来回跑腿，还不包括簿记，每个月只能拿到区区8美元，都不够我修自行车的呢！那家伙小气至极，任何时候去海关办公室，他都会带上印台，往里灌海关提供的墨水，要不然就是从其他公司偷一把回形针。他回到办公室，脱下大衣后，就开始向三张办公桌分发回形针。也许有人会想，他可能濒临破产边缘了吧。

不久，我就在美军那里找到了另一份工作，这次我是名夜班救护车司机，午夜到早上8点之间待命出勤。我并不是经常有活儿，除非有人扭伤了脚，或者是待产孕妇的丈夫发出假警报。这挺棒的，可以美美地来个老式打盹儿，还能因此挣钱。当然了，这比完全没工作好。自从政府发布临时管制，禁止了所有进出口活动后，大多数企业都损失巨大。救护车的工作待遇虽然差强人意，但我宁愿有份微薄的收入，也不要赋闲在家，给母亲造成经济上的负担。

第六章 1947 年

2 月 20 日，第二艘美国遣返船搭载着 300 名日本人和 80 名德国人离开了上海。我的同学也在其中，他们曾于 1944 年 11 月前往日本接受基础的军事训练，但是后来再也没回到欧洲战场。

5 月的一个早上，德国人社区笼罩着不安的气氛，前一晚，中国当局逮捕了 15 名德国商界领袖。另有 5 人听到风声随即逃走藏了起来，但是他们的妻小被带走作为人质。这些人一开始被关在大桥公寓①，后来转移到警察总部关了好几天，不能睡觉，也不能饮食，只能在看管的监视下如厕。不过，朋友送进来食物倒是允许的。最终，232 名在本地遭到逮捕的北平的德国人②登上第一艘美国轮船返回了德国。后来才知道，这一行动其实是在美国的协助下进行的，目的是为了消除本地商界所有德国人的影响。

政治气氛开始变得不稳定，当局腐败愈加严重。街头骚动之类的活动，都受到了学生运动和工会运动中颠覆势力的煽动，这笔账很自然地算到了共产党头上。

---

① Bridge House，坐落于今四川北路 85 号，建于 1935 年初。1937 年日军进入公共租界北区后，曾用来关押政治犯，除中国人外，也包括外国侨民。1947 年，大楼由军方售予中国银行，改建为员工宿舍。

② 原文为 "Peking Germans"，疑为原在北平的德国侨民或外交官员。

　　众多暴力冲突中，第一起发生在金都大戏院[①]前，7 名警察和 1 名卡车司机在冲突中丧生。警察和宪兵之间的争斗随之而来，电影院前的街道上全是血迹和碎玻璃。警察一方失败了，盛怒之下，他们叫来了增援冲进电影院，砸烂了所有椅子，将墙上的电线全扯了下来，划破了银幕，还毁坏了电影放映机。而这一切的缘起是什么？只是一点小纷争而已！一名中国电影观众和他的朋友想凭一张电影票入场。警察正在处理纷争，但另一名宪兵觉得自己更加尊贵。双方的情绪一下就点燃了，但也不清楚究竟谁开了第一枪。翌日，警察开始罢工，数十名警察分乘 25 辆卡车从街上呼啸而过，大喊大叫着抗议。围观人群当中有个大炮仗爆炸了，此后整个情势变得风声鹤唳。

　　我们又一次成为基督教青年会的成员，这让我们有了绝佳机会可以去健身房。基督教青年会那幢八层大楼里，二楼有一个 25 米的现代游泳池，三楼则有阳台可供观赏用。出于卫生考虑，游泳池只允许裸泳。一旦涉及卫生和疾病防治，像是预防痢疾、斑疹伤寒和性病等等，负责管理的美国人总是近乎偏执。游泳池的水一直都饱含氯气，以这样的浓度，如果游得稍久一点，就会严重地刺激眼睛和耳朵。"无辜"闯到阳台上的一些年轻女士偶尔会目击到全裸的男士，其中一人发出一声惨叫，于是泳池边一二十个受到惊吓的男士以腹部落水的姿势，像青蛙一样跳进了水里。只有一位耳朵不大好，70 岁左右的男士，依然泰然自若地以仰泳姿势浮在水面上！

　　基督教青年会的"零"俱乐部偶尔会组织到上海近郊的短途旅

---

① Golden Castle Theatre，今瑞金剧场。

行。有一次，我们开着摩托艇登上了一艘登陆舰（LST，Landing Ship Tanker），登陆舰停泊在黄浦江中游靠近闵行段附近。我们在老城厢的一个码头集合，10个人全都带了女朋友。10个人包括我、我的好朋友海尼和海因里希，此外还有7名俄国人和英国人。我们三个人，绰号"三位深金发家伙"。每个人的女朋友的发色都不一样。海尼的女友是棕发美国姑娘，海因里希的女友是黑发希腊姑娘，在下的女友则是有着铂金般头发的俄国金发女郎。

在登陆舰上，不仅可以看到壮观的全景、无垠的原野，还能呼吸着清新的空气，以及享受美妙的宁静。这里远离了车水马龙的噪声、臭气熏天的街道，以及不断清着喉咙的中国人。

很快，绿色、红色、蓝色的中式混合酒精饮料把聚会的气氛给调动起来了。有些人立即逸兴遄飞，尤其是海因里希，这个不胜酒力的家伙，喝了满满一杯红色的"汽油"之后，立即泪流不止，眼泪像瀑布一样流到了脸颊。负责管理这艘登陆舰的意大利长官对他的船员完全失去控制，有个疯子将餐室的家具全都扔到了墙角，拿出了一个灭火器喷得满墙都是。那混合酒果然有点后劲儿！我和海尼、海因里希还有女朋友们一起将自己锁在一个客舱里蜷缩着，有个妒火中烧的苏联人拼命想要通过舷窗挤进来，他把窗子的遮挡板卸了下来往海尼的头部砸去。海尼头上出了点血，肿起来一个乒乓球大小的包，但是并不痛。一定是混合酒恰到好处地麻醉了他的神经，同时也完全没有打断他接吻。

我给美国人开救护车的工作现在转为了日班。午饭我常常跟美国大兵一起在外滩公园（Bund-Park，就在黄浦江前滩的医院对面）吃，看着江上船来船往。当水速达到每秒3米的时候，浪头的起起伏伏就很湍急了，当大型船只侧面相撞，顶着风纵横交错、有惊无险地做调整，看着挺有意思。有时，江上的场面会有点喜剧效果，尤其是两艘船撞上的时候，两边的船员用长竹竿互戳对方，戳中的人会跌入水中，或是扯下一两片帆。

英国赛艇俱乐部就在外滩和苏州河附近，午饭时间他们会放出赛艇。每当我看到四人艇或八人艇，都不无嫉妒地行注目礼。这场景让我浑身起鸡皮疙瘩，不禁回想起当年我们的俱乐部。战争年代，我们的俱乐部就位于我此时所在地的对面。战争快结束时，俱乐部关门大吉，此后由英国人接管，但在重新接纳我们成为俱乐部成员这点上，他们没有显示任何仁慈。

直到 1941 年 12 月，外滩公园都是英国治下公共租界的一部分。30 年代，公园门口曾有告示"华人与狗不得入内"。美军占领期间，青岛的一片海滩上，也曾有过类似的告示。

8 月末，由于美军新出台的规定，"美军分遣队医院不得雇用苏联人和德国人"，我丢了开救护车的工作。

不过，没到一周，我成功打破了这项规矩。这一次，我是躺在担架上给抬进来的。那是有史以来最炎热的一个夏日，我、海尼还有海因里希跑到圣约翰大学的游泳池避暑。当时即便是在阴凉之下，温度计都显示着 43 摄氏度。在清凉的水中嬉戏真是沁人心脾，这水凉得就像从北极涌出来似的。我傻乎乎地站在这齐腰深的冰水当中，任凭火辣辣的太阳"烤着"我的背部，这感觉绝妙，令人喜不自胜。几分钟后，我感到有点难受，打算回家，但是还没出院子就从自行车上摔了下来。我苏醒时，已经咳了许多血，所幸我是前雇员，这才得以入院，我得了急性肺炎，在医院躺了两周半。还算走运，我得到了最好的治疗。

病房里还有其他 5 名士兵，于是我又交了 5 位美国朋友。不分

白天夜晚，每隔 3 小时，我就得接受一次盘尼西林注射，共扎了
106 针后，我的臀上已经呈喷壶花洒状，旧伤未愈，又添新伤。无
论何时，只要漂亮的美国护士小姐举着皮下注射针头前来，我都处
于战备状态，裤子褪下，臀部高高撅起。天啊，我是多么英勇！

　　三个月前，杰克逊少校做了一次腹部手术，后来在一次 X 光检
测中发现有两把剪刀钳留在了他体内，他不得不再接受一次手术，
取出这两把器械。

　　布科夫斯基（Bukowski）中士六个月内两度感染了梅毒，接受
了 600 万单位的盘尼西林注射。他出院后大概两个月，我了解到他
的瓦塞尔曼反应①其实呈阴性，不过他还是一直在抱怨腿部和其他
关节疼。后来，他的一项脊髓液测试呈阳性，追溯以往经历后发
现，他从 11 岁起就感染了这个疾病。他待人友善，总是拿自己的
膝盖发颤打趣。在返回美国接受进一步治疗的途中，这位可怜的朋
友去世了。

　　另一位病人是约翰逊少校，之所以住进我们这个病房，是因为
他需要割掉痔疮。手术前三天需要禁食，以减少排泄，但是事情发
展未如人意。手术开始一小时后，他几乎将医院掀翻了，不断发出
的嘶吼声犹如屠宰场传出的悲鸣！够了，我要出去！终于，我于次
日离开了"折磨室"。在我穷困潦倒之际，美军分遣队基地医院再
次雇用了我，这无异于是场及时雨。

　　作为门诊部前台接待，我需要登记日间病人并将他们转诊到当
值医生那里。大多数的病人都是得了性病，他们排成了三队。一队
是淋病，这一队的病人是来接受常规的盘尼西林注射的；另一队的

---

① Wassermann，一种血液检测，用于诊断梅毒。

病人已经有了淋病和梅毒的症状；第三队的病人则在祈祷自己不要排到前两队当中去。三四周之后，大约有 20％治愈的患者会重新回来排队接受注射。但凡有人入院了三次，那么他就会极不光彩地被军队除名。

盘尼西林可谓灵丹妙药之王，在那时可谓声名卓著，至少在美军医院里是这样的。它几乎包治百病，或者可以作为预防性措施，在手臂上迅速地打上一针，医生通常会说："如果你几天后还没有好转，我们到时再看。"硫黄片、磺胺嘧啶和磺胺噻唑也是广受欢迎的药物。在我最近一次住院期间，除了扎了无数针之外，我还用几加仑的水一次性送服下 10～15 粒硫黄片，通过不断变换躺在床上的姿势，就可以保护胃壁。我依然记得那难以忍受的头痛，疼得太阳穴就快爆炸了。

美军医院有两名中国雇员感染了脑炎，也就是通常所说的睡眠病①，因此，所有军方雇员及家属，包括 18 个月以上的幼儿在内，都得接种。接种需要每 4 周打一次针，总共 3 针。效果立现的同时也引起了一些惨状，接种会导致皮下出现弹子大小的肿块。有些体壮如牛的士兵疼得面目全非，其他人则是像孩子一样哭闹，这太让人受罪了，更别提孩子了。有士兵形容这疼痛就像螺丝刀在缓慢地钻进你的胳膊一样。两周后，他们发现接种毫无必要，随后宣布是误诊！

资深酒鬼也时常出现在门诊部。某一次治疗时，一名少校的震颤性谵妄②发作了。他的身形如同摔跤手一般，力大如牛。他摔碎

---

① 患者症状包括嗜睡。
② DTs，也称为酒毒性谵妄，因戒酒而引起的谵妄状态。

了房间里的 5 个医药箱，将 4 个水龙头从墙壁里拽了出来，2 把大皮椅被他扔得老远。我们一共 12 个人，每 2 个人分别按住他的胳膊和腿，剩下的 4 个人坐在他身上制服了这位超人，等镇静剂发挥作用，他才晕了过去。

有一天，一个苦力一瘸一拐地走进了门诊。他双手扶着他的阴囊。我们后来才知道，他当时倚靠在外白渡桥的铁栅栏旁，这道栅栏是人行道和车流的分界线。此时，一辆美军运送人员的长巴士驶近了，把他撞得紧贴在栅栏上。当值医生一看到他的惨状，居然忍不住跑到了诊所的走廊上，难以控制地捧腹大笑。最终，他们给他的受伤部位消了毒，缝合了伤口，几天后就让他出院了。在他朋友的帮助下，他蹒跚着走出了诊所，笑得合不拢嘴。

我跟约翰逊中士友谊甚笃，他一直神经衰弱，每天需要连续不停地抽 80 支烟，根本不需要打火机，甚至连吃饭的时候都在吞云吐雾。这可怜的家伙曾经随美军在北非服役，斯图卡俯冲轰炸机的轰鸣摧毁了他的神经。

总而言之，对大多数美国大兵来说，自己找些无伤大雅的乐子似乎是眼下的当务之急，就像孩子永远想要逗乐一样。他们最喜欢的消遣之一就是吹避孕套，一次吹好几打，然后从门诊部的三楼扔到街上去。猛烈的穿堂风将这些"气球"带得远远的。有一次，约翰逊中士用回形针将三个避孕套串起来挂到了他上司的皮带上。毫不知情的佩登（Peden）中尉，系着这根皮带出席了长官们的舞会，于是成为笑柄。但最终成为笑柄的是约翰逊中士，他因为这个别出心裁的小发明而受到了惩罚。

一天的工作结束后，我很喜欢跟长官们喝几杯，听他们回忆往事。

亨里克森（Heinrikson）中士曾经在南亚战场参加突击队，同日本人作战。有一天，他们紧追两名日本兵，这两名日本兵躲进了两米高的象草中，最终还是被俘虏了。入夜后，突击队里没有人愿意主动负责看管这两名俘虏，因为日本人一向以狡猾而著称，尤其是在夜幕笼罩之下，他们就更容易溜了。于是，他们决定将俘虏交给一个中国的战斗连队，并严厉警告他们，提审讯问之前的五天内，不得虐囚。回来的时候，他们发现其中一名俘虏蜷缩在地面上的两个桩子之间，身体下方是一片竹笋。在热带，这些竹笋每天能生长 5 厘米。这可怜的家伙，笋尖活活戳穿了他的胸腔、胃部和肠子。他们将另一名俘虏生吞活剥了。

赖尔登（Riordan）上校讲述了他的故事。入侵意大利期间，在一次空袭美军驱逐舰的任务中，一架梅塞施密特 109（Messerschmitt 109）战斗机①冲进了海里，机上年轻的飞行员被俘于船上。指挥官命令看守住俘虏，但是在讯问的时候，俘虏却失踪了。调查之后发现，原来飞行员被头朝里地给扔进了轮船推进器。

美国殉职登记处（American Grave Registration Service），简称 AGRS，其职责是登记在中国被日军击落的美军飞行员的遗物，然后集中存放在上海。我负责协助两位军官打开大约 60 个小木箱，仔细检查其中的内容，每个木箱大约 40 立方厘米大小，这段经历让我尤其伤感。出现在我们眼前的通常是，一只衬衫袖，一条满是血迹的裤腿，日记本的碎片，半截掉了跟的长靴，刻了字的金怀表——上面写着"值此结婚两周年之际赠予我亲爱的约翰，爱你的简"。我们悉心寻找着一切线索，以期让这些战士不至于沦为无名

---

① 纳粹德国空军于 20 世纪 30 年代和 40 年代使用的单座战斗机。

氏，而是以一位长辞人世的父亲、兄弟和朋友的身份，让他们至少能够返回故土安葬，获得永久的安宁。

通过美国殉职登记处，美国情报机构得以在空中对中国大部分区域进行勘察，为最终共产党的接管做准备。共产党在稳步推进，这让美国人忧虑不已。

海尼告诉我，我们的同学罗纳德（Ronald）在德国南部运动冠军赛中取得了第四名的好成绩。我们很高兴看到一个冷门选手竟取得了如此佳绩：掷标枪 56.3 米，跳远 6.56 米，掷铅球 12.3 米，800 米跑 2.01 分钟。

交通状况已经恶化到令人难以置信的程度。11 月初以来，所有车牌申请都无法通过，因为城市根本无法应对车流。问题主要出在将内城堵得水泄不通的三轮人力车上，有时交通堵塞会导致汽车几百米内既不能向前也不能后退。战时在滇缅公路上用来运送武器和物资的五吨卡车，现在成了公交车，这些五吨卡车也是导致交通恶化的罪魁祸首之一。警察使用大喇叭极力试图缓解交通，但徒劳无功。有时我坐在车里，看着车流思忖，不知道撒一把盐会不会有些效果。在这混乱无序当中，毫无疑问，只有自行车成功穿越了障碍，来去无阻。

众多三轮车在街口引起不少惊恐，这让交警怒火中烧，因为这些三轮车车主根本不遵循交警手里的信号灯或理睬他们嘴里不断冒出的咒骂。这种情形下，警察会没收三轮车上的稻草垫子至少半天，这样车夫就没法挣钱了。

只要车流之间还有一点缝隙，两三辆三轮车就会抢着通过，这让车上无助的乘客惊恐不已，他们紧紧抓住座椅的边缘，静候命运的降临。不管是街角的急转弯还是躲闪汽车的应急操作都会即刻让三轮车失去平衡，将乘客一个倒栽葱弹了出去。这种竞赛的结局通常会在乘客和车夫群殴之中走向高潮。

上海中心城区的人口现在已经增长至每平方公里 10.5 万人，当局认为这匪夷所思的人口稠密度可以达到世界纪录了。

通货膨胀程度也再创新高。11 月，法币对美元汇率达到了 1 美元等于 105000 法币，但是物价相对于黄金来说还是保持着低位，一只柑橘是 1000 法币，而一张电影票的价格是 20000 法币。

为了迎接我 22 岁生日，我们打算在家开场派对，期待至少会有 30 人左右光临。在这重要的一天到来前，我们加紧准备，地板打磨得锃亮如镜，地毯的灰尘已掸去，音响设备就绪，桶子也已清洗干净用来装混合饮料。

我们只能负担起 6 个男孩和 4 个女孩来帮忙干家务活，他们当中有德国人、俄国人和英国人。聚会的酒水包括传统的伏特加混可口可乐或是黑莓汁。Snob 伏特加十分便宜，有两升的经济装出售，我们亲切地称它为"墓碑"。我们都觉得，如果单手举着酒瓶一饮而尽的话，足以使人在墓穴里永久躺平。我们通常在杂货店买伏特加，但是恰逢深夜所有商店都关门，而聚会上的酒桶又行将见底，我们也会用从通宵营业的药房那弄来的酒精将就。很快，我们就拖着脚穿过被擦拭一新的地板，一边唱着平·克劳斯贝的《白色圣诞节》、弗兰克·辛纳屈的 *My way* 或是佩吉·李（Peggy Lee）的歌，唱个没完。我眼冒金星还有点微醺，对聚会上唯一一位俄国姑娘颇有好感。她很漂亮，在那个时候算得上十分出众。她有着棕色长发，最让我着迷不已的是她淡绿色的双眸。我们跳舞跳个没完，直到她妒火中烧的同伴硬要与我斗酒。幸运的是，我还是微醉，他就已经快喝晕过去了，没多久他就捂住嘴冲进厕所，如此往复几次后，他最后瘫倒在厕所沉沉睡去。那晚，还有人把他的左边的眉毛、右半撇胡子给剃了，这还没够，还把半管牙膏涂到了他的脸上。

我的房间有个更加知名的名字——"特律格尔小破屋"，常常有许多狐朋狗友聚集在这里纵酒狂欢。墙壁上贴满了好几百张美国和德国电影明星的照片，还有知名的瓦尔加女郎挂历①。电影明星有拉娜·特纳（Lana Turner）、玛丽卡·罗克（Marika Rökk）②、丽塔·海华丝（Rita Hayworth）、简·拉塞尔（Jane Russell）、海蒂·拉玛（Hedy Lamarr）和伊尔莎·沃纳（Ilse Werner）③ 等等。有人造访过我房间后问道："有这么多双美丽的眼睛俯视着你，你脱衣服的时候关灯吗?!"

由于更多的美国士兵及家属被遣返回国，医院的病人数量减少，我在门诊部的工作终止了。失业的阴影再次侵扰着我。

不过，我吉星高照，失业的那周就找到了新工作，这一次是在一家中国人开的大型自行车链和黄铜轧制工厂工作。我的职责是看管两个大型锅炉，这两个大型锅炉可以将黄铜软化之后压制成铜膜，比如说在每个轧制程序之间，可以让金属质地稳定下来。我的

---

① Varga calendar，瓦尔加女郎挂历。瓦尔加女郎是秘鲁知名画家华金·阿尔贝托·瓦加斯·查韦斯（Joaquin Alberto Vargas yChávez）所创作的一系列女性形象，他为《君子》（Esquire）杂志提供画稿，为了让画家的署名更具异国情调，《君子》杂志将他的系列画作改名为"瓦尔加（Varga）"。瓦尔加女郎的首次亮相是在 1940 年 10 月刊的折叠插页上，不同时期有不同的特征，但总体来说多为性感甜美的形象。战时《君子》印刷了九百万册免费杂志送到浴血奋战的美国大兵手中，瓦尔加女郎挂历也广为流通。

② 是匈牙利的舞蹈家、歌手和演员，在纳粹时代的德国电影中名声大噪。

③ 是一名荷兰出生的女演员和歌手，在德国取得事业的成功，扬名于纳粹德国时期，1955 年取得德国国籍。

工作时间，或者说奴役时间，从早上 7 点 45 分一直持续到晚上 9 点，中间只有 45 分钟"宽裕的"时间吃午餐，而且难以置信的是，每两个礼拜才能在星期日休息一天，简直是回到了中世纪！工人们看起来就像行尸走肉，许多人得了肺结核，病恹恹的。因为没有防护而持续站在锅炉前，严冬的寒风在身旁呼啸，此外还吸入了旁边表面硬化部门排出的废气，我的健康也受到了影响。这样的工作环境简直可以比肩工业革命时期的英国。但是，中国人最善于经营大量使用童工的血汗工厂，更别提如同我现在身处其中的这样的大型工业了。

有一天，我闲逛到表面硬化部门，自行车链的部件浸在 200 升砷溶液中以染成蓝色。我全然不知这溶液足以致命，充满好奇地用食指指尖蘸了一下这种溶液，准备舔上一舔。这时，工厂经理从背后将我扑倒，把我都给撞晕了。道歉之后，他扶我站了起来告诉我，舔一口会让人立即送命！桶里升起的气体一旦接触空气就无害了。过了好一阵我才接受了刚才经历的那个意外，当时那里既没有警示，也没有任何安全措施。我后来还坚持了两周，但是我受够了，必须得找新工作了。

棒极了！辞职当天，我就找到了新工作，这一次是在美国海军港口设施处（U. S. Navy Port Facilities）供职。我在美国海军总部当"投诉处理专员"，海军总部位于格林邮船大楼（Glen Line Building），这座五层建筑就在著名的汇中饭店对面，距离南京路的"十亿美元外滩"（Billion Dollar Bund）仅百米之遥。收到来自雇员的投诉之后，我必须同设施维护机构联系并处理。

上海这座城市建造在一片经过开垦改造的土壤之上，原先的土壤是密度很高的棕色泥土。城市及周边的乡村地区就像煎饼一样平坦。某些情况下，仅挖掘一个半米深的洞，水就会渗出来，这样就会导致建筑根基不稳。比如说，格林邮船大楼就是建立在一片巨大的防水混凝土空心浮板之上，这是为了让它"漂浮"[①] 起来，其外墙也采用了同样的材质。空心浮板同时也是地下室，这里存放着各式机械。

有一天，我们准备在地基上钻洞以安装一个泵（抽水机），正打着洞，因为建筑的压力，一股强大的水流喷涌而出，将我们手中的打钻机给冲掉了。最终，我们打了一个洞，直径只有一个拇指长，将部分被淹的地下室的水给排了出去。那时，我们想起了指头卡在堤坝上的荷兰小男孩。我发现，格林邮船大楼是上海唯一一栋微微倾斜的建筑，虽然不能跟比萨斜塔相比，但是也偏离了垂直基准线两三度。

其他的高层建筑都建在木质平台之上，这些木头都是成百上千根 10 米～15 米长的俄勒冈松木，通过重达好几吨圆柱形铸铁产生的重力，将这些木桩垂直打入地面。蒸汽驱动的绞车将夯土机高高举起，然后从 5 米高的空中释放，刚好砸落在松木之上。最后的效果就像一把火柴垂直摆放着，上方一层形成了平整的表面。

较矮建筑的地基由人工来完成。大约 50～80 名苦力坐在高高的竹制脚手架上，一起用绳子将夯土机拉上并释放。苦力头子喊着有规律的号子，这决定了行动的速度。这场景对于路人来说还挺有意思，整个场景能将人迷住。华懋公寓位于蒲石路[②]，这幢十五层

---

① 上海位于长江三角洲冲积平原前缘，土质松软，在松软土质上建造房屋多采用这种建筑工艺，即先在土壤之上铺就空心防水混凝土浮板，以减少建筑对土壤的压力。所以作者说建筑是"漂浮"的，后文提到的华懋公寓亦是同理。

② Rue Bourgeat，今长乐路。

的大型公寓同样也是"漂浮"于木质浮板之上，每年都会沉降 20 厘米。20 年后，这栋楼会相当于整整下沉了一层楼，一楼恐怕就要变成地下一楼了。

　　12 月，家里最后一名用人也离开了我们，这名男仆帮助照料我们的日常饮食和清洁。战争期间，日本人煽动起对"白人殖民者"的仇恨。现在，受共产党控制的工会的影响，这种情绪与日俱增，尤其针对剥削工人的资本主义雇主或老板。

第七章 1948年

我跟海尼和海因里希三人小聚，在家里迎接新年。晚上大部分时间，我们都在举杯致敬那些永远离开了的朋友，无数次呼唤他们的名字。最后，清醒也惜败于伏特加，自行休假去了，我们沉沉睡去。凌晨3点，我的胃里翻江倒海，呻吟声吵醒了海尼，他急忙将我拽到窗边。楼下的人行道顿时"装饰一新"，对于饿着肚子的流浪狗来说，这一地的意面和其他乱七八糟的呕吐物简直是天赐的新年礼物。不管怎么说，用这种方法来辞旧迎新可谓再好不过了！

最近共产党开始打游击战了，这让国民党愈加头疼。尽管共产党在数量和重型武器装备方面不占优势，但是解放军的队伍在不断壮大，其中绝大多数都是农民，每天都有成千上万人加入，这让共产党可以在不断拓宽的前线上直面政府军队。共产党的军队纪律严明、有令必遵，并且绝不增加民众负担，这让其在新运动中获得极高的声望。

去年年底有几场大战打响，其中最大一次战役发生在上海西北部的Tungshan①，大约有150万人参战。有几支武器设施完备的国民党军投诚，共产党借此完败对手。

---

① 中文名不详。

2 月伊始，美国海军提前了四天通知我必须离职。人事部门和情报部门主管都跟我保证，这次解雇只是因为我的安全背景调查不合乎程序。有传闻说我曾经是希特勒青年团的队长，这当然是胡说八道，我甚至连排长都不是。我在希特勒青年团只是一般群众而已，而且最近同盟国已经宣布希特勒青年团完全是第三帝国下一个无害的组织。为美国人工作了一年半之后，我又一次成了谣言的受害者。

事到如今，我的失业简直成了一个痼疾，不过好在时间并不持久。这一次，我在一家中国人开的公司当仓储管理员，这家公司叫亚洲发展公司（Asia Development Corporation）。公司的仓库（或曰储藏大楼）里存放着许多零件，这些零件来自几艘登陆舰，既有3200 吨位的美军坦克登陆舰，也有 15000 吨位的自由轮①和机械化登陆艇②。我面前摆放着数百台通风机、轮船柴油机上的零件、电缆、电子齿轮等等，我得在五个苦力的帮助下，将所有这些零件都分门别类。公司专门从菲律宾采购之前提过的轮船，运到上海之后将其分解成新的零件，然后再卖到海外去。这其中利润丰厚，大约是采购价格的800％，其中还包括了运输的费用。

这些轮船都停泊在黄浦江上，我们数次登船，识别并将这些零件分类。我们通常得在漆黑的轮机舱工作上好几个小时，打着手电到处察看。那里的空气散发着令人难以忍受的霉味，气温高达 51摄氏度。我的眼球似乎因为极度的高温而变得有些脱水，在背部流下的汗水刺激之下，我的臀部也火烧火燎。工作结束后，搭乘 VP

---

① Liberty Ships，第二次世界大战期间在美国大量制造的货船。
② LCM，是 Landing Craft Mechanized 的缩写，是一种设计用来近海运载武器人员或物资的舰载小艇。

等待报废的机械化登陆艇

驳船（VP-barge）行驶 20 公里对我们来说真是令人愉悦的全新体验，尤其是可以享受到片刻寂静和清新的空气。上海笼罩在一片阴沉灰暗的乌云之下，在这片天空之下，几百万人像糖浆一样涌入了城市的街道，不管怎么说，生活不必局限在此。

有一天，我们在返回途中停靠龙华，从两艘登陆舰和一艘自由轮上卸载一些木材，突然连接船只和停泊处之间的钢缆松开了，而我此时正在绳梯上……老天爷！我的一生在我眼前闪现！幸好一艘货船看到了我们，这艘货船用尽全力让那三个船体停了下来。江水流速快达每秒钟 3 米，这让救援十分艰难。伴随嘎吱嘎吱的声音，两艘船的船尾破浪前行，驶进了附近的码头，将我们送上了岸。这经历真让人胆战心惊，尤其是当时有一艘美国大货轮"猎鹿犬"（*Stag Hound*）号正在逆流而上，却没有发现仅仅两米开外的我们！最终，惊魂甫定并早生几丝华发后，船上的 20 名苦力停船下锚，日落时分，五艘拖船抵达，将船拉回最初的停靠点，这才让情势最终稳定下来。

是时候在特律格尔家重新欢聚一堂啦！这次是流浪汉派对，男孩们穿着美式军装裤，女孩们上面穿着宽松衬衫，下面穿着牛仔裤或是工装裤。海尼带着简（Jane），迪马带着苏茜（Susy），约翰尼（Johnny）带着伊夫琳（Evelyn），各个国家的人都有，中国人、泰国人、爱沙尼亚人、英国人、美国人、德国人，还有苏联人，真是一个小型联合国。能把这美妙的一刻永远保留下来就好了。我把相机架在一叠书上，用一个 2000 瓦的灯泡来代替闪光灯，这灯泡是我从一艘登陆舰上"借"来的，它原本是一个探照灯。灯泡明明连接着电源，"但是为什么不亮呢？"，我自言自语道。照相时，我设定了三秒钟的曝光时间。大概持续半分钟的强光让屋子里的人都快

登陆舰上的我

瞎了，在一片烧焦木头的气味中，大家纷纷表示抗议。灯泡原本是意大利腊肠的形状，现在这白色而灼热的玻璃，在地板上熔化成一摊，就像烙铁烙在牛身上一样，冒出许多烟。我向当时的在场宾客保证，他们短暂的失明一定会换来一张绝佳的集体照片。两天后，我看着洗出来的照片……集体照里根本没有集体，画面里只是白花花一片，说拍摄对象是太阳也不为过！

聚会仍在继续。40 个人制造的噪音堪比机械车间，大家跌跌撞撞地抢占为数不多的沙发座椅。饮料是充足的：有 4 大瓶 2 升装"墓碑"伏特加，6 瓶威士忌，此外还有好几加仑橙汁和番茄汁；最重要的是，有 96 瓶可口可乐装在 5 升的桶里，这是用来跟其他饮料以一比一的比例混合的。像以往一样，海尼、海因里希和迪马是聚会上主要的噪音制造者和灵魂人物。半醉不醉之间，他们模仿起一个典型英国人的样子，说着："Tea? pip-pip, raaaather, have some cake…sugaaar?"[①] 这样重复了约 15 次。最后，海因里希戴着一顶遮阳帽在房间驰骋，这是在模仿英国电影《毒药与老妇》[②] 里的一个角色，后面带了一串空瓶子、黑胶唱片、鞋子和发夹，但奇怪的是，居然没有一片玻璃碎掉。凌晨 3 点，我的胃决定开始造反，不过最后困意袭来，胃里的翻江倒海又平息了下去。后来，三位朋友在我左脚鞋底划着了 10 根火柴，这让我脚底灼热不已。不过，点着的小火苗除了把袜子烧焦了之外，根本没能让我醒过来。

———————

① 意为"喝茶吗？pip-pip, raaaather，吃点蛋糕，要糖吗？"，拖长音是模仿英国口音。

② *Arsenic and Old Lace*，这部电影其实是部 1944 年的美国电影，由弗兰克·卡普拉执导。海因里希模仿的是电影里的 Teddy，这个角色每次上楼梯都会高喊"冲啊"奔跑着上去。

最终我醒来后，开始嚼昨晚剩下的三明治，而两个小时之前这些三明治就已经让我的胃十分不适了。日出时，三位朋友终于离开了。回家的路上，他们将一辆福特车推行了大概 500 米，卸掉了 2 个路标和 6 家门牌号码牌，这将我们的收藏品充实到了 54 件。

7 月，一位好朋友的女友因为脊髓灰质炎去世，这让我们悲痛不已。这可怜的女孩只有 17 岁，花一样的年纪，看上去十分无助。"铁肺"① 也没能挽回她的生命，这种设备只有上海美军医院才有。在生命弥留的最后两天，她反复说道："我不想死啊！"医生觉得，相较于依靠铁肺走完余生，还不如这样比较好。曾经有一位年轻的英国医生也得了这个病，不到 24 小时就去世了，生命可以这样毫无意义。

被誉为"东方巴黎"的上海拥有 500 万人口，它发展成为一个政治骚动和腐败的滋生地，还夹杂着污秽和痛苦！每天都有新的骚乱出现……

在内城，一家堆满化学品的仓库爆炸了，形成了一朵原子弹形状的蘑菇云，40 公里之外都可以看见。有人怀疑这是蓄意破坏。

数以千计愤怒的大学生涌向美国领事馆附近，抗议美国对日本进行援助。警察用警棍将他们围绕又驱散开来。

在位于衡山路美童公学的一次"国家间友好会议"期间，中国学生穿得衣衫褴褛，代表着不同的国家，向山姆大叔涌去，乞求食物。美国人只回应德国人和日本人，对其他人都断然拒绝。这一举动招来旁观者一片嘘声，有人投掷东西过来。最终，会议在不那么

---

① Iron Lung，铁肺是一种协助丧失自行呼吸能力的病人进行呼吸的医疗设备，使用者大多数是患上脊髓灰质炎和重肌无力症等病患而引起呼吸肌肉麻痹的病人。

友好的拳脚相加中不圆满结束！

美元汇率现在已经跃升到 1 美元等于 52 万法币。政府禁止了所有以美元和金条作为货币的交易，但是没多久，警察就逮捕了几百名黑市商人和骗子。有大概 120 家无线电台甚至通过无线电进行非法交易，这些电台都得立即关闭。所谓的"经济突击队"（economic shock troops）通过突袭成功地摧毁了几百个秘密黑市，稳住了一般价格增长。

然而，通货膨胀仍然处于失控状态：一张电影票或者一包香烟要 8 万法币，质量最好的德国自行车要价 3200 万法币，中国产的自行车是 900 万法币。跟其他地方不一样，上海是骗子、小偷和寄生虫的天堂。"黄牛党"总是能在急切想去看电影的观众中找到市场，这些观众实在太想看电影，即便是满座，也愿意付两倍或者三倍的价格买票。战争结束后，8 家大影院和 25 家中型影院每天都座位售罄，而且通常是在上映几天前就会售罄。即便是火车站的通勤者也成了这些黄牛党的目标，如果被抓了现行，他们会被剃成光头且拘留六天。

另一个祸害是"桥上推车帮"，他们主要是一些体格强壮的乞丐。人力车或是三轮车行进至外白渡桥和其他苏州河上的桥梁上坡时，无论乘客是否允许，这些人就会前来强行帮忙推车。如果"享受"了这项"服务"之后拒绝给赏钱，那么乘客就会遭到连珠炮似的最恶毒的咒骂。有一位日本军官，原本是要以战争罪处以极刑的，却在行刑前两天逃脱了，混在推车帮里达两个月之久，之后还是暴露了，被当场击毙。

又有一则关于上海德国人要遣返的消息，后来证明是无稽之谈，但是有 30 名外交官——他们直到战争末期都派驻在日本，被美

上海国泰戏院

国人强制遣返了，距离投降整整三年。

现如今，上海的骚动急剧增多，政府和市议会出动了几百名警察和特种部队来追捕和惩罚这些和平破坏者。学生组织煽动仇视欧洲人，尤其是英国人，学生们走上街头，持续引发骚乱。自从战争结束以来，越来越多的工会和大型学生团体宣扬共产党的学说。战争期间，面对共同的敌人，国共两党不得不精诚团结，但是日本溃败之后，两党之间旧仇更添新恨。

继学生们砸烂广东的英国领事馆后，上海的学生联盟也组织了一场游行示威，要求彻底搜查英国使馆。3000名学生或徒步或乘有轨电车和公共汽车到达目的地后，看到的是已经恭候多时的警察，连同经济突击队、空中堡垒队、机关枪网一起，围住了使馆建筑。处于弱势的学生中断了他们的行动，改向外滩行进，并且在使馆建筑上用沥青写下大幅的反英标语，足有5米高。至此，游行示威才算偃旗息鼓。

两周后，警察包围了同济大学，准备搜查逮捕学生领袖。学生群体群情激昂，持续几小时后，那位有名的上海市市长吴国桢，试图通过个人努力来阻止流血，但是当他走向校园大门时，5名学生冲出将他推倒按在地上。警察立即开始袭击，但是吴市长恳求他们不要开枪。

次日一早，本地小酒馆的4000名舞女，也许称她们为"阿玛宗人"① 更为合适，连同其他舞厅的2000名雇员，一起冲击了位于林森路（也就是之前的霞飞路）的社会局。他们闯入楼内，砸烂了

---

① Amazons，古希腊神话中一个全部由女战士构成的民族，她们崇拜战神阿瑞斯和狩猎女神阿尔忒弥斯，在战斗中求生活。

所有家具和装修，离开的时候没有一扇窗户的玻璃是完整的！警察和空中堡垒里的特殊防暴队开始介入，一旦他们试图通过逃生梯进入大楼，上面就会扔下椅子、沙发和写字台，几千份文件也从天而降。这场战斗在午夜时分结束，500 名舞女被捕，造成的财产损失估计超过 200 亿元。30 名舞女和 16 名警察受伤，其中 3 名伤势严重。这场混战的缘起是，政府通过抽签决定永久关闭 14 家大舞厅，所有小酒馆也必须于 1949 年年中停止营业。

申新九厂①是澳门街最大的一家加工厂，这里发生了有女性卷入其中的最血腥的一场暴动。70 名女性和 40 名警察被送进了医院，有 3 人在骚乱中遭踩踏身亡。纷争的起因是，工会要求重新雇用之前开除的工人，并且在即将到来的春节前，借钱给工人，然而工厂管理方拒绝了这一要求。2000 名工人在车间的主要入口设置了路障，但是警察和守备部队耍了一个更胜一筹的诡计，通过窗子进入了建筑内，却遭遇了一阵硝酸瓶攻击，瓶里的硝酸是处理棉花时需要用到的。一名妇女成功将 5 名警察拖进了成排的机器间，狠狠揍了他们一顿。随后，警察要求增加支援，试图发起第二次冲击以通过大门，但遭遇了几百名全副武装的妇女，她们拿着棉花纺锤、铁棍和竹竿等等，200 米的过道上遍布着纺纱机。三个小时的血腥战斗之后，警察再次撤退了，不过重新整顿之后，他们借着装甲车和催泪瓦斯卷土重来。尽管冒着从天而降的硝酸瓶雨，警察最终还是冲破了一堆石头、椅子、机器部件和工具组成的路障。

通货膨胀现在已经到了完全无法控制的程度。仅在一周之内，物价就翻了两倍甚至三倍。7 月 25 日，1 美元能换 700 万法币。美

---

① Sung Sing No. 9 cotton，申新第九棉纺织厂。本段所述事件为"申九惨案"。

国海军雇用的平民卡车司机月收入是 3 亿元，相较之下，他为美国陆军工作的同行月收入则是 6000 万元。这简直不可理喻。海军是基于美国公司雇员的平均工资来支付的，而陆军是基于中国的"政府公务员生活成本目录"！

不管怎样，生活还是要继续。腐败引起货币制度失败，这对所有诚实的人来说不啻是关上了命运的大门，共产党接管的时机成熟了。

美国海军在跑马地开了一家娱乐中心，可以说是名副其实的天堂，那里有露天游泳池、小吃店、点唱机、弹球机和够劲儿的美国啤酒。一位美国水兵邀请我成为那里的会员，并担保了我的申请。每次我踏进娱乐中心，就觉得像进入了另一个世界，游泳、懒散地躺在遮阳伞下吃着圣代，和外面愁苦受罪的景象比起来，这里就是天堂。此外，一整天都有救生员值班，确保醉酒的美国大兵不会跌进游泳池淹死。

太棒了，又有聚会喽，不过这次是在虹桥的乡间别墅里。50 名客人相谈甚欢，他们大多数都来自富裕家庭，有着和他们声望相配的行为举止。席间，有个生意人抵达后，他醉醺醺地穿过人群，跌跌撞撞，急切地想要找厕所。找到厕所后，他惊恐地发现厕所居然有人，难耐地等了一会儿之后，他终于冲进了没有窗户的厕所。情急之下，他完全没时间找到电灯开关，于是就尿进了离他最近的浴缸里。一切都很好，直到仆人进来取餐前开胃菜为止——这些菜肴原本是放在浴缸里冰镇保鲜的。

夏天就近在眼前，然而 39 摄氏度的高温就已经让人十分不适，再加上八九十度的湿度更是让人难耐，这情形足以毁掉聚会上的一切乐趣。我无法想象还有什么情形比这更糟：和一个穿丝质连衣裙的胖女孩跳舞。我的手不断从她汗湿的后背滑落，她咬牙切齿的声音很恐怖，这令人讨厌的反应让我浑身起鸡皮疙瘩。

潮湿的夜晚让人倍感煎熬。有时，连入睡都需要努力才能做到，早上醒来后的感觉就像之前辛苦劳作了八个小时一样。只穿着短裤躺在草席上似乎是唯一的选择，即便是这样，也一样汗流浃背。单手扇扇子只会让情况更糟，手动来动去徒增了身体的热气。电扇倒是理想，但是得小心，仅仅是伸伸胳膊都有可能让你失去一个手指，我有个朋友就碰到过这事儿！

我在亚洲发展公司的工作还包括定期去闵行的登陆舰和自由轮做清查记录。两名德国犹太难民跟我们一道，他们准备买一些可移动的灭火器。登上自由轮后，其中一位买家一脚踩空，从 12 米高的地方摔到了黑漆漆的货舱里，擦过卸货区域，最后摔到了一块铁板上。我们将这可怜的家伙绑到一块木板上，小心地将他抬起来送到摩托艇上，整个过程花了一个半小时。在我们回去的路上，我们拦停了一艘拖船，请他们帮忙打电报求救。我们一靠岸，就有一辆水运大队的急救车在等着，然而还是太晚了，这可怜的朋友因为头颅骨折已经去世了，而且谁知道他还有多少处骨折和内伤。他人不错，已婚，有四个孩子，真是无谓的牺牲啊！

9 月 30 日，政府颁布了一道政令，禁止出售一切进口商品，一旦发现即刻充公。蒋介石的长子蒋经国企图建立稳定货币改革的体系，向行贿的商人、骗子和操作货币者宣战。有两个人被逮捕枪毙了，一名是行业巨头，一名是吴淞守备部队的前任长官，这算是对企图操纵汇率的人以示杀鸡儆猴。接下来在北方的青岛、南方的广东，也有 14 人因同样原因被捕。媒体形容蒋经国是"一个穿着汗衫、戴着墨镜、挂着相机的家伙，喜欢开玩笑"！我们对此表示认同，他强硬的手段在当下看起来十分合时宜，然而却来得有点晚，力度有点弱。

年轻的费德勒（Fiedler）先生为父母经营着飞达咖啡馆（Cafe Federal），只因为将啤酒价格提高了 10％就遭了四天牢狱之灾。价格管控十分严厉，触犯者会被立即关进监狱。

青岛——此前德国在华北的殖民地，停止美元交易的最后日期是 8 月 19 日。那天之后，有家中国商店接受了一名美国士兵的 5 美元，两分钟之内警察就来了，除了没收美元之外，还把店给封了，门上的告示写着"闭门半年"！

那时，青岛接收了美国守备部队 10000 名士兵和家属，他们懒得将美元换成中国的货币，通常用美元支付。

根据一项官方的人口普查，上海的人口现在已经达到了 500 万，考虑到计算过程通常十分模糊，这个数字出入在 50 万左右。

成千上万人从四面八方涌上了南京路这条主要干道，就像成群的蚂蚁，在车流之间横冲直撞。每走一步都有可能撞到人，尤其是在交叉路口的时候。新闻报道说，每天大概有 1.5 万辆汽车以龟速移动，此外还有 4.2 万辆非机动车，穿过虞洽卿路①路口。车流中能看到 48 年产的斯图贝克（48 model Studebakers）、帕卡德（Packards），几个星期前，这些车还只能在车展上才能看到。

现在看来，货币体系全面崩溃不可避免。穷途末路之际，政府用金圆券（Gold Yuan，GY）取代了现行的法币，固定了兑换率，即 1 金圆券等于 300 万法币。物价暂时看起来有所下降。

我和海尼、海因里希、迪马，及我们的女朋友一起，在森内大

① Yu Ya Ching Road，今西藏中路。

南京路

南京路上的广告牌

饭店①喝酒、吃饭、跳舞。我们喝了 10 杯啤酒、可乐和伏特加，吃了冰淇淋，一晚上花了 1.98 亿法币，或者说 66 金圆券。令人宽慰的是，至少我们不用搬运一大叠纸钞来付账，即便这只是暂时的。

我们的确生活在一个疯狂的世界里。即便有蒋经国的改革，经济形势依然一泻千里。政府禁止抬价。绝大多数商家和市场不得不暂停商品销售，但是偷偷加 50％的价私下销售倒是没问题。只要是美国产的食品、衣服和化妆品，人们就在商店门口排队购买，此外还未雨绸缪地囤货以防即将到来的经济彻底崩溃。尽管在某些地区，价格管控卓有成效，但也出现了一些奇景。一双本地产的鞋子价值 5 金圆券，订购这样一双鞋子，顾客必须当场付钱，不过得等上两个月才能拿到货。商家收到了铺天盖地的订单。一包香烟的税就高达 100％，而仅仅过了一周，这个数字就增长到了 1000％！

8 月 19 日以来，政府就禁止雇员要求加薪，每天都有各种新的政令出台，甚至有规定禁止个人持有美元。蒋经国要求 10 月底前必须上交所有美元。两周内，一共交出了 1.5 亿美元，然后以 1 美元兑 4 金圆券的汇率还给了个人。蒋经国要求，期限过后，再持有美元将处以死刑。这项新法令实施后，一些中国人遭到了逮捕，但令人疑惑的是，执行死刑并未见诸报端。商人们认为前途叵测，估计新的货币体系 3 个月必定崩溃，南京政府也将随之垮台。

所有令人兴奋的事都无法让我们从失望和忧郁的情绪中解脱出来，尤其是对未来的焦虑。对这种困惑来说，聚会和远足可谓一种令人愉快的体验。

一天，我们乘汽艇去英国人管理的国际划艇俱乐部（International

---

① Senet restaurant，位于复兴中路 1363 号。

Rowing Club）观看他们的年度赛艇会，俱乐部位于黄浦江上游的闵行。我们准备野餐，目的只有一个，那就是希望能找到战后被英国人没收的四座和八座赛艇。我们在那里找到了，那几艘美丽的小船依旧如初，船体上还保留着原先的名字 *Elbe*、*Rhein*、*Weser*、*Main* 和 *Order*，在战争结束前我们还乘着这些小船在河里荡漾。那些日子里，我们必须得起誓戒烟戒酒，但是我们手掌上的巨大的水疱很快就打消了我们对香烟的渴望。因为椅子是固定的，我们的屁股都开了花，鲜红如狒狒的臀部，就像剁碎的肉一样！最糟糕的是出现偏航，只要船桨在水中划动，把手就会撞到胸前，把我们撞得晕头转向。六个月之后，有人终于能够够格坐上滚子座（roller-seat）。但英国人仍然拒绝我们入会，对于德国人的禁令依然有效，我们被告知"明年再来吧"。

现在，亚洲发展公司的工作让我觉得有点差强人意。我手下的 15 个苦力对工作失去兴趣，跟以前比起来，工作效率减半。但这又怎么能怪他们呢，他们每天收入才 0.5 金圆券，这钱甚至连买顿早餐都不够，真够呛！成千上万座血汗工厂里，中国人总是知道如何盘剥工人和苦力的。

愈演愈烈的内战正在缓慢且稳步向上海逼近。10 月，共产党在南京集结了 11 支军队来正面对抗国民党 40 万精锐部队，这些部队装备了最先进的美国武器，布置在一片三角地带。在华北以及中国东北地区，国民党防线全面溃退。

由于情势危急，政府敦促所有居住在上海和青岛的欧洲人迅速离开。德国人社区依然有 800 人，1945 年日本投降时是 2500 人。截至 11 月，欧洲人减少到 25000 人。我们都希望能够逃离战乱，害怕出现最坏的情况。

正如预期的一样，金圆券现在也面临全面崩溃。自从蒋经国采取严厉措施抑制抬价，处罚了不少操纵货币的人以来，经济形势恶化了三倍。商店纷纷关门大吉，有的甚至要关门两个礼拜以上，肉类和面包买不到了，只有蔬菜还在供应。人们在闭门的商店门前彻夜排队，直到警察最后强迫店主开门，以规定的价格出售食物。这项法令让许多企业都陷入破产。

政府也即将走向绝路，不得不取消对于抬价的管制。一夜之间，就像被雷劈了似的，物价不可思议地涨了 300％～1500％！一袋 55 千克的大米从 17 金圆券涨到 180 金圆券，香烟的涨幅在 400％～600％，450 克肉类从 0.33 金圆券涨到 6 金圆券。如果足够幸运，工薪族的工资会涨 100％，不过也已经比平均水平 55％好很多了。

11 月中旬，1 美元可以兑 2000 万金圆券。对绝大多数人来说，这意味着一夜之间破产。

通货膨胀现在已经达到新高，中产阶级受损严重，尤其是 40 万名公务员，他们没有预料到物价会涨成这样。公务员的加薪要在七天后发放，六天其实都已经嫌晚了，况且加薪的金额还只是名义上的。一夜之间致贫让许多人无法养家，走投无路之下只能自杀。

作为私人企业，亚洲发展公司基于黄金价格，按日结计算我一周的工资，这是很多人想都不敢想的。

海因里希住在一幢四层公寓里。每天下午 6 点，他都偷看一楼一位年轻貌美的俄国女士洗澡穿衣，十分猥琐。她的卧室中等大小，窗帘总是会留下一个小缝儿。这是一个好机会，我们打着探索人体的幌子，欣赏这"美景"。卧室的窗户外，有 30 厘米宽的水平的窗台，我们就站在那上面看。有一天下午，我们 5 个人沿着水管爬到窗台上，距离地面足足有 3 米高。

我们小心翼翼地贴着墙壁站着，就在卧室窗户附近的转角处。很快，随着我们期待景象的出现，5 个人的队伍开始躁动起来。只有前 3 个人——我、海因里希和海尼看到了想看的，剩下的 2 个人，好吧，她穿衣服的速度实在太快了。他们俩在后面推搡着，说着"快点""让我看一眼""你看够了吧，赶紧滚，你这混蛋"。第二天晚上，这两位失望的"顾客"自行前来，其中一位失去平衡，脚先着地摔了下去，摔得四仰八叉。幸好有一段贴墙的热水管接着，他摔得不重，但是裆部受到了正面冲击。这可怜的家伙住进了医院，我们去探望的时候，他的头贴在床上，臀部高高撅起，以一种"陡峭"的角度趴着，这是为了防止血液都涌向下体。不管怎么说，他后来有了三个孩子，没有什么后遗症。

人们推测，上海这座围城中有 550 万人即将处于极大的恐慌之中。大米是中国人的主食，其短缺引起了抢购，饥荒是不可想象的！政府正在全力施行食物配给制度，这是最后的安抚手段。稍早时候，市政部门登记了总共 650 万饥肠辘辘的人口，多出了 100 万人。他们在调查中发现，有许多人都够格领三次食品配给券，这是因为他们使用了不同的地址，但都登记在了一个人名下。为了整顿这一现象，每当有居民换了住所，就得挨家挨户数人头，然后再根据人头分发食品券。

民众情绪也达到了一个危险的临界点，即便是最小的摩擦都会引发打架斗殴或是流血事件。

我就目睹了发生在内城大街上一起斗殴的全过程。当时，我站在一堆人里面正在等无轨电车，一起等车的还有 20 名士兵。车子终于来了，但是因为已经满载，所以就没停。失望之下，盛怒的士兵们掀翻了公车站，向下一辆电车投掷石头，砸烂了所有窗户，猛揍了司机和检票员一顿。几分钟后，30 个怒气冲冲的电车公司职员，由两个"流鼻血"的人带领，在繁忙的车流间追逐肇事者并殴打了他们一顿。最后警察来了，用警棍打了那些士兵，将这些头晕眼花的"国家保卫者"带上了囚车。

事情发生的时候，另一队中国士兵正在不远处瞎转悠，并不知道这边发生了争斗，但冲着打架来的电车公司职员发现了他们，他们同样也被揍了一顿。

一般民众对于士兵的态度应该说是漠不关心，这次事件里的士兵倒不是精锐部队，而是待遇极低、来自农村的底层军人。这些人穿着芥末黄的棉布制服和球鞋，总是会让我同情心泛滥。有一次，我看到这样被强行要求站成一列的士兵，其中有一个人跑出队列，从垃圾堆里捡了一根抽了一半的烟屁股，他的长官狠狠责骂他了一顿。

不管怎么说，这个底层士兵给我印象很深，因为我觉得他有快乐的灵魂。他会牵着同伴的手，缓慢地行走着，无邪地牵着一个气球或是吹起来的避孕套……他是一个有灵魂的人，依然保持着童真，十分澄澈。

我供职的亚洲发展公司在上海最豪华的餐厅之一为雇员举办了一场大型宴会。作为唯一的外国人，我也受邀参加了这场年度盛事。一般来说，这项活动只限于中国人参加。有人告诉我，因为我平常对中国同事们没有任何偏见，才获邀参加这次盛会的。在这个特别的夜晚，还有一场斗蛐蛐比赛，这成为我此生最值得纪念的一次活动。

席开 8 桌，15 个人围坐在大圆桌旁，就像众神一样推杯换盏。

我们享用了 55 道菜，有大盘的鱼、北京烤鸭、许多的蔬菜等等。噢！别忘了，还有鸡屁股汤，可以理解这肯定是很贵的。打嗝声越来越响，伴随着咂嘴的声音，此外还混合着从田螺里吸肉或是用舌头剔牙的声音。所有这些"音乐"意味着对盛宴的认可，以及对主人的恭维。厚厚的玻璃盘散在桌子上，里面都是些食物残渣，青蛙腿啊、鹌鹑骨头啊什么的，所有东西都浸在打翻的米酒里。就像所有晚宴一样，米饭只在最后上，但是没人会去添饭，这也是作为对宴席满意的表示。

持续三个小时的宴会之后，那些微醉、面孔泛红的宾客们准备迎来整晚的高潮，那就是包括斗蛐蛐在内的赌博活动。训蛐蛐的人小心翼翼地将蛐蛐从小笼子里取出来，这小笼子有个活动门和一条横杠，大概两三个火柴盒大小。外观看起来就像件艺术品，精巧地用木头、象牙甚至纯金制成。

现在来说蛐蛐。训蛐蛐的人或者是对蛐蛐感兴趣的人，会从农民手里买上一只或者更多。农民一般从田里捕到蛐蛐，然后装在大篮子里拿到市场上卖。训蛐蛐的人就像驯马师一样，对于蛐蛐的潜力有着独到的眼光，能看出蛐蛐是否能在六个月之内变成真正的斗士或者说"杀手"。花上一点点钱，钱的多少取决于蛐蛐的年龄和大小，训练就可以开始了。跟拳击手一样，你得训练蛐蛐的肌肉、耐力、进攻性，最重要的是，必须一直让其尽量维持低体重。刚从某种特殊的野草上折下的茎是逗蛐蛐的绝佳工具，用茎去触碰蛐蛐的头部和触须，这可以刺激它们进攻，这样就能逐渐让蛐蛐的"颈部"和"肩膀"变得有力量。逗蛐蛐得在粗糙的表面上进行，比较理想的是一块纸板，这样蛐蛐在训练中能够抓紧，一次训练上几个小时，就这样日复一日，训上好几个礼拜。在大日子到来前，也就是有大额金额下注的时候，整个过程可一点都马虎不得。战前，甚至会有人用金条、小汽车、别墅及女人来当作赌注。

在宴会到来的几天前，蛐蛐已经饿到准备好赛前称体重了，这都跟拳击手如出一辙，然后在最后一天摄入有价值的卡路里，为大战积蓄能量。

现在说回到当晚的高潮：十几只蛐蛐斗士都被精心放在精巧的金秤上称重，按照重量分组。当然啦，就像公鸡一样，只有雄蛐蛐才会彼此争斗，有时候甚至争斗到死。雄性蛐蛐可以通过它两根尖尖的尾巴来辨认，雌性蛐蛐则有三根尾巴！

活动门打开之后，两个选手从各自的笼子来到了 A4 纸大小的纸板角斗场上。很快，它们就开始用触角试探彼此，迅速咬住了对方的肩膀、腿部和脖子，敏捷地移动着。有的时候，蛐蛐的口部甚至都会牢牢地纠缠在一起，最终的结果：断了一条腿，喉咙咬穿了一半，原先用来进食的工具彻底脱离，下巴也移位了。如果还没死，受伤的失败者会从正在哼着胜利歌谣的对手面前逃走；胜出的蛐蛐能得到主人赏赐的雌性配偶。

年底了，我的生日还是照样得过，又一场聚会，又一场酒醉，大家都乐得逃离"明天"，谁知道还有什么在等着我们，反正看起来都挺糟糕的。我和海尼骑车到城里去看舞台剧《艾莲妹妹》（*My Sister Eileen*），然后在我的陋室跟海因里希和迪马碰面。我的房间一直用海报女郎当作墙纸，海报上的女孩总是笑盈盈地看着你，当然啦，我那台大收音机上贴的就是一英尺高的瓦尔加女郎。收音机里播放的德国舞蹈音乐，是唯一跟祖国的联系了，也是我们好心情的催化剂。那时宵禁时间是从午夜到凌晨 5 点，这让我们不得不"受罪"到天亮。伏特加不可避免地引起了撒酒疯，我还在极力保持清醒，不过楼下的中国房客肯定是彻夜无眠了。我试图让三位朋友冷静下的努力是徒劳的，相反，这还更加激发了他们的斗志，他们操起了一个没用的长柄马桶刷。混乱还在继续，很快，我就看到40本《大众机械》① 齐飞乱舞，原来是迪马迫降进了我的书柜，还带进去一个大搪瓷碗以备不时之需，比如说被扔出窗外什么的。突然之间，就像被魔法棒击中一样，我们顿时陷入沉睡之中。清晨6点，早上清冷的空气唤醒了我，我睁眼就看到一片狼藉：地毯已经有了新的样式，墙壁上有个大大的凹痕，那肯定是迪马这呆头鹅撞的。那场景就像是无人之境里的猪圈一样，只有一只母猪在里面！不管怎么说，除去大量的清理工作外，我又迎来生命中新的一年——崭新的开始！

　　政治形势依然没有变化，商业活动一如既往，可以预见的恐慌暂时还没兑现。许多朋友都在谈论最后的撤离："你什么时候走？"或是"你打算去哪？"，乏味之极！拉锯战之下，共产党将战事前线逐渐推向南京。许多感到害怕的外国人往南迁移，主要是去广东和香港，但在短暂的离开之后又返回了，也是有点尴尬。

　　美国人尤其感到悲观，他们在数日内将绝大多数滞留的国民和军队家属撤离回国了。一队美国海军陆战队留下来以协助最后的撤离，或是在当地可能发生混乱的时候保护侨民。撤离的计划已经做好，在几个月之内，5000名德国犹太人最终要离开虹口聚居区迁移到巴勒斯坦，6000名白俄迁移到马里亚纳群岛。

　　有传闻说德国人可以在美国人的帮助下撤离，这并非没有可

---

① *Popular Mechanics*，美国一杂志，专门介绍汽车及一般家用机械电器的设计、构造、操作、维修。

能，但是我们家却不行，我们无处可走，因为家里的亲戚住在萨克森，位于民主德国。那些被强制遣返的人仍然住在集中营里，即便是在战争结束后的第三年。

那时，如果得到许可、安排好住宿以及参加心理和体育活动的话，回到祖国并非行不通。我许多住在汉堡和比勒弗尔德①、路德维希堡②的同学根本找不到工作，抱怨联邦德国的经济形势。两位意气风发的同学在离开上海时，笑称"我们会为重建德国添砖加瓦"。两个月后，他们的热情消失殆尽，称想要重建的决心已经微乎其微。那时，我不太了解形势，认为生活会比 1945 和 1946 年更加艰难。

---

① Bielefeld，是德国北莱茵-威斯特法伦州的一座城市。
② Ludwigsburg，是德国巴登-符腾堡州中部的一个市镇。

第八章 1949 年

这个湿冷的冬天真是糟糕透了，温度在 0 摄氏度以下，而且像往常一样，可恶的湿度高达 85％～95％，现在已经是新年第三天了！穿上冬天的大衣、皮外套、长款羊毛内衣，戴上皮手套，再加上贴在腹部的速热贴，但这些都没用，冷空气依然能钻得进来，寒冷彻骨。如果没有任何取暖设备的话，在办公室是没法干活的。中国人一直啜着热茶，戴着分指的黑色棉手套。我想起来地球下半端的那个国家：几天前，我听到了澳大利亚电台的广播，说"我们的圣诞节炎热无比"。我感到十分惊愕，完全无法想象穿着短裤站在圣诞树前直擦汗的样子。

圣诞节后的三天，早上巡逻时，工部局的车辆运走了冻死在街头的尸体，共 311 具，许多人只穿着薄薄的棉布衬衫和裤子。这些可怜人当中许多都是西方来的难民，蜷在一张薄草席里想要撑过寒夜。他们躺在马路上和下水沟里，像是盘子上的一堆春卷一样拥在一起。许多救济营根本无法应对日益增长的贫民。

成千上万的难民涌进了上海的周边地区，住在路边临时搭建的棚户里。这些棚户是由形状奇怪的波纹铁板、纸板、报纸、稻草、草席之类的搭起来的，通过铁丝和铁线绑在一起。只消一场倾盆大雨，棚户区立即就会变成一片散发着臭味的沼泽地。大火几分钟内就能将这片棚户区夷为平地。市区之外是没有消防栓的，很多时候，装备齐全的消防队只能绝望地旁观。有一些难民营的面积相当于一两个街区。可怕的大火过后，留下遭到炙烤过的铁皮，烧焦的尸体看起来是在清醒状态下去世的，场景凄惨至极。这地狱般的景象在一两周之内就消失了，一片新的棚户区再次从灰烬当中建了起来，依然人满为患。

　　不断涌入的难民让乞丐的人数大幅增长，而即便是在平时，乞丐的数量就已经是个麻烦了。就在我们学校附近，一列残疾人一直占据着人行道，伸手向路人讨钱。这些可怜人饱受各种各样的疾病侵扰，像是象皮病、麻风病、梅毒、肺病、疟疾等等。有相当一部分跛足的人也在与这些病患者竞争。一些乞丐家庭在孩子出生时就将其致残，残疾总是能激起行人更多的同情，给这些乞丐父母和亲戚带来更加稳定的收入，还有可能让其未来无忧！

　　在市中心，贫民随处可见，戏院、餐馆的门口都能看到他们。这些乞丐都归"乞丐王"管，"乞丐王"雇了收债人和监视人确保乞丐讨到的救济品有一部分能进到他的腰包。"乞丐王"其实十分富有，但他也得拿一部分钱作为保护费交给黑道。

　　小偷们也是有组织的。无数的盗窃案，都是出自一支小偷"军队"，既包括街头的扒手，也有入室的窃贼，这让许多受害者觉得有希望能找回部分被盗的财物。向警察提供失盗的时间和地点，空钱包、手表或者珠宝都可以找回来，不过是以一种迂回且无迹可溯的方式，而且价值会折半。

　　我也曾经遇到过扒手。那次，我正走在四川路上，一个衣着体面的中国人，用手帕捂着鼻子，撞了我肩膀两次。在拥挤的街道上这样其实挺正常，但是第三次，我发现他的手帕底下露出了我的派克钢笔。正当他准备趁乱溜走之际，我抓住了他，拿回了钢笔，并且说我要报警。他立即跪倒在地，恳求不要打他也别报警。我心软了，毕竟我拿回了钢笔，没什么损失，而且一直以来我都有点软弱。

一起最极端的盗窃发生在虞洽卿路上，那时正是中午的高峰时段，一个窃贼企图将下一位女士手上的金戒指，但是没捋动，于是他索性咬断了女士的手指，连同戒指一起带走并消失在人群里！

最让我印象深刻的是一个没手没脚的乞丐，躯干上只有短短15厘米的残肢。这家伙就靠肩膀或者残肢在路上蠕动，面前放着一个大搪瓷碗，等路人施舍点食物或是硬币。他用一种极低的嗓音唱歌来吸引人注意，这声音听起来就像完全没有声带一样。他的肩膀、臀部和后背都是厚厚的硬皮，上面沾满了口水和各式各样的垃圾，甚至还沾有他沿沥青路捡起的狗粪。每当有硬币或是食物扔到他的碗里时，这家伙都会露出感恩的微笑。他过马路的时候经常导致交通堵塞，司机们停下来耐心地看着他，可能内心在盘算，唯恐这个残疾人给他们带来什么不幸。这个令人难忘的人物在我们学校附近盘桓了多年。

有时，面容枯槁的乞丐和难民们会去美丽的衡山路，将那里梧桐树的皮扒下来吃，这是一种绝望的生存方式。饥饿驱使之下，灵活一点的乞丐观察行人之后，就找女性下手偷食物。只要他在逃跑之中嚼着饼干或其他食物，警察就不会去抓他，这是个不成文的规定，是对这些绝望的人们想要挣扎生存下去的宽容。不过，无论是偷食物还是其他东西，只要是有组织的盗窃，窃贼都得进业已人满为患的监狱。

　　那时世界上最大最知名的监狱是华德路监狱①，那是幢多层小楼，位于前公共租界，关押着 8500 名囚犯。其他小一点的监狱大多在法租界和周边中方管理区域，这些监狱大约关押了 20000～25000 名囚犯。

　　现在，我已经完全无法忍受雇主——亚洲发展公司，他们的犹豫不决和管理不善让我非常恼火。找到一家大型的英国公司作为下家后，我就辞职了，这家英国公司在上海不是最大的，但颇具规模。

　　颐中烟草股份有限公司，也称作"英美烟草公司"，在国际上又叫作英国惠尔斯公司，我在这家公司的印刷部担任监工。英美烟草公司成立于 1902 年，后来发展成为远东最大最知名的英国公司，它拥有两家卷烟厂：一家在浦东，也就是我工作的地方；另一家在杨树浦，我好朋友海尼在那工作。

　　六个月的试用期内，我的收入是之前的两倍，此外还有其他的福利。除了有大巴接送员工之外，公司还拥有自己的轮渡，将员工送往黄浦江对岸的工厂，大概有 2 公里航程。早上 7 点，先在公司顶级的餐厅里享用美味可口的早餐，之后还有午餐和两次茶歇，全部都是到桌服务。下午 5 点下班后，公司的轮渡和大巴再送我们回家。每周津贴是 200 根香烟，这让美梦更加完整。跟中国公司比起来，这里就是座金光闪闪的宫殿！

　　公司的厂房约 1 公里长、400 米宽，位于上海虹口码头对面的一条弯路上，正对着法租界外滩。厂区内有 1 座发电站、10 座仓库、

---

① Ward Road Jail，即提篮桥监狱，华德路监狱是其俗称之一，该监狱原为上海公共租界工部局警务处监狱，因其规模之大而号称"远东第一大监狱"。

英美烟草公司的发电厂

5 幢四层厂房、1 座大礼堂，可容纳 1 万名工人，此外还有一个小型轨道运输系统。工厂有 3500 名工人，主要是女性，从事包装香烟和其他加工工作。

"烟叶抽梗车间"在四楼，烟叶梗通过机器去除。香烟日产量高达 220 万～290 万包，香烟被打包装在 1 立方米的木箱里，每个木箱里能装 5 万包。自其建立之日起，英美烟草公司就有着丰厚的利润，旗下有多达 110 个品牌，其中就包括知名的绞盘、菲利普·莫里斯（Philip Morris）、红锡包（Ruby Queen）和黑猫牌（Craven A）香烟。

四楼的印刷部配备了最先进的国产四色胶印机。莱比锡是当时世界印刷技术的中心，从那里来的专家掌握了所有技术应用和蚀刻环节。

大仓库里储存了从弗吉尼亚进口的烟草，压缩贮藏在直径 3 米、高 2 米的"猪头桶"里，这样可以放走拆包过程中混进的活蛇或是其他害虫。

弗吉尼亚烟草和中国产的烟草混在一起，切碎后进入干燥筒烘干，此时会加入糖浆，甚至朗姆酒之类的添加剂，赋予烟草香味，正是这种特殊的香味让菲利普·莫里斯牌香烟广受欢迎。当朗姆酒首次作为添加剂使用时，负责的工人分外乐在其中，他们闻到香味立即就飘飘然了，在车间里跌来撞去。管理层迅速解决了过于"快乐"的问题，方法是用不易消化的烟草汁来中和朗姆酒。

印刷部每天要连续运作 16 个小时，有时甚至是 24 个小时。有一次，一名工人的手指夹在胶版印刷机两个相距 1 厘米的滚筒之间，每个滚筒直径达 1 米，他的手臂几乎就要全都转进去了。但是奇迹出现了，就在这名工人胳臂快要扯断的一瞬，一名非常机警的操作员成功关掉了机器。这可怜的家伙保持着清醒状态，头和脖子紧贴着上方的滚筒，耐心等待了 20 分钟，直到电工改装了电线让滚筒往相反的方向转动。整个事故过程中，这名工人的手臂被压得发白，并无流血，也感受不到疼痛，直到从滚筒中抽离出来，他才吓到浑身瘫软。

印刷专家海格曼（Heigemann）先生让人难忘，他来自德国莱比锡，讲着一口德英混合语，还带着浓重的萨克森州口音，"Mr. Troescher，kum mal hier，please tell me，wot time der buuus is leften von der Bund"①，或是"give me einische Nailsch"②。在餐厅里，他和我们的英国经理坐一块儿，他的"故湿"（schtories）把英国经理的胃口毁了个干净。可怜的希尔博恩（Hillburn）先生，耳朵竖得和驴子的似的，拼命想把那莫名其妙的口音转换成标准英语。海格曼先生会对侍应生这么说："Uhh，der sun ist sooo hott totae，please bringen me ein glassen trink，Boy。"③ 但玩笑归玩笑，这位绝对尽职的专家能解决最麻烦的问题，因此赢得了管理层和工人们的一致尊敬。

说到萨克森州，我的父母都来自萨克森莱比锡，那里有一些习俗延续了几百年，其中一项"不怎么好"的习惯就是将面包卷浸到咖啡里吃，这是我从父亲那学来的，或者说是基因使然。有一种法式甜食是烤制的面包棒，十分酥脆，顶端是裂开的，让人食欲大开。一般来说，这种法式面包棒我直接吃一半，另一半纵向剖开，两面涂上厚厚一层冰冻黄油和盐。然后准备好滚烫醇厚的咖啡，放一点点奶，盛在半升容量的餐具里。用手掌把涂着黄油的面包棒压

---

① 意思是："特律格尔先生，请告诉我，去外滩的公共汽车是几点？"
② 意思是："给我几枚钉子。"
③ 意思大致是："呃，sun ist 太烫了，请给我一杯饮料。"

扁后，将刚好适合入口的一小段，在咖啡里蘸三秒钟，送进嘴，享受这终极的美味。咖啡和冰冻黄油在口腔内相互交融，咖啡沿着下巴往下滴也顾不上了！

我的好朋友迪马成功拿到了去美国的签证。2月中旬他就要搭乘客轮"戈登将军"（*General Gordon*）号前往美国。不过，距离出发三个礼拜时，他染上了肝炎。母亲无微不至地照顾他，特别烹制了不含脂肪的菜肴，希望他能快点康复登船。精心准备的饮食并没有让他的病情有所好转。离开那天，为了掩饰他泛黄的病容，母亲用一种自然肤色的"粉饼"涂满了他的脸。最后，尽管仍然感到不适，迪马还是没有依靠任何帮助，自己登上了船的跳板。为了感谢母亲的帮助，迪马送了她一对珍珠（人工养殖的）耳环，母亲感动得流下热泪。

政治形势日渐恶化，由于双方都不让步，和谈失败了。国民党军队在沪西的虹桥筑起了防御碉堡，四周围有壕沟。前线就在130公里开外。难以计数的难民从四面八方涌进城市。最新的估计是人口已经达到了600万人。主要干道的人行道上满是三轮车、人力车和自行车，仿佛熔岩流一般。长途火车超负荷运载着难民，他们要么坐在车厢顶上，要么吊在窗外，不断地往返于上海和南京之间，这也导致了大溃败。最后寻求和平的努力功亏一篑。当时，蒋纬国负责保卫上海的准备工作。而首都南京则即将落入共产党之手。

说到蒋纬国，他是蒋介石的次子和养子。20世纪30年代，蒋纬国在德国接受军事训练。我们的一些朋友是"上海人"①，他们在

---

① Shanghailander，指对上海这座城市抱有极大认同感的外国侨民，部分侨民就是在上海本地出生。

德国南部巴伐利亚山区游历时，结识了一位名叫托尼（Toni）的军官，他曾是一名"山地猎兵"①。1937 年，他们某天下午到军营去拜访托尼，看到院子里有一个中国苦力正在扫地。他们跟托尼谈及此事时，托尼说道："那人不是苦力，他是蒋介石的儿子，叫蒋纬国，在我的连队里。他是名优秀的战士，敏捷得就像一只猫。"

1990 年，国际山地兵联盟（International Federation of Mountain Troops）在米滕瓦尔德（Mittenwald）举行庆祝成立 75 周年庆典，米滕瓦尔德位于巴伐利亚群山之中。很多前队员从世界各地赶来共襄盛举，他们来自意大利、英国、加拿大、法国、德国、日本和瑞士。一个巨大的木质十字架矗立在附近的山中，约 25 米～30 米高，底座是铜制的铭牌，上面刻着简单的铭文：我们的同志，1914 年～1918 年，1939 年～1945 年。

在仪式上，托尼收到了一份报告，其中包括来自蒋纬国的致辞，内容如下：

> 致所有参加山地猎兵成立 75 周年庆典的宾客。尽管我在中国军队中拥有军衔和重要任务，但有幸与山地猎兵一起接受了军事训练，同时我也深知，我加入了一支优秀的精锐之师。1937 年至 1939 年的两年间，我在山地猎兵第 1 师第 98 团度过，其间前往慕尼黑的军事学校学习了 10 个月，这段经历对我来说极有启益。身着山地猎兵的德国军服让我倍感荣耀。我认为，袖口的雪绒花徽章并不仅仅是徽章，而是奖章。在此，

---

① 是一种德国及奥地利境内专职山地或高山区域作战的轻装步兵，山地猎兵会将雪绒花徽章别在袖子上或制服帽上，以资识别。

向所有当年共事的山地猎兵致意，向所有参加国际山地兵联盟的人致敬。以同志友谊之名，祝各位生活幸福。

（签名）蒋纬国，中华民国将军，同时也是名山地猎兵。

有未经证实的报道指出，蒋纬国曾经作为德军连队指挥官参与了对捷克苏台德地区的进攻，之后在敌对国波兰以战地记者的身份活动。

20 世纪 90 年代初期，蒋纬国逝世于台湾。遗嘱中，他拒绝安葬在他养父的陵墓里。他葬于一座小山山巅的松林当中，坟墓前一片光滑平坦的石头，见证着他对群山的热爱。

共产党势如破竹，占领了华北的天津，这让所有人都密切关注局势发展，揣测这座大都市即将到来的命运如何。

数以万计、忍饥挨饿的难民盘踞在城市的人行道上，他们的悲惨境地现在也影响到了庞大乞丐群体的生存。正值隆冬时节，这简直就是一场大型人间惨剧。两个月内，当局就在街头收敛了 5000 具尸体！

2 月，我的好朋友克劳斯（Klaus）跟他的母亲和兄弟一起，经由巴士拉①飞回德国。抵达后，他冲进了最先遇到的一家好餐馆，跟侍者解释自己刚从中国返回，饥肠辘辘，但是很不幸没有食品券。"好吧，"侍者说道，"两片面包卷配新鲜黄油，一个煮鸡蛋或是煎鸡蛋配培根，此外还有顶级咖啡豆研磨的咖啡。"克劳斯不敢相信，他以为侍者在说笑，当食物真的端上来之后他简直要吓坏了。

天气变得十分反常，3 月 20 日还在下雪。一周半后，我们在跑

---

① Basrah，伊拉克巴士拉省省会。

马场上又晒得够呛，树荫下的温度计显示 25 摄氏度，这简直疯了。空气极端潮湿之下，气候变化让生活极为不适，昨天来自西伯利亚寒冷的北风还让人瑟瑟发抖，今天来自南方的热气就烘走了所有鸡皮疙瘩。

在英美烟草公司的工作称心如意，我调到了维修部给维修工程师当助手，负责机器的保养。老板是瑞典人，工作 30 年之后，他决定退休，并选定我接管这间机械工厂和 72 名工人，包括机床工人、水暖工人、木匠钳工、洋铁匠等人。

不管怎么说，我接受了在维修部的新工作。战争期间，我有两年半的学徒经历，此外还在一家英国企业通过函授课程获得了机械工程学位，这都让我在今后的工作中得心应手。

每逢发薪日，我就得带着麻袋去领几亿金圆券的工资，有四五扎，每扎有 30 厘米厚，价值 1 亿的金圆券，里面包含了 1 万、5 万和 10 万的纸币，全部都用绳子捆好，封在一个正式的信封里。当然啦，骗子总有方法找到漏洞，他们会用相同厚度的报纸替换掉几沓里面的纸币。

通货膨胀已经到了一个不可思议的程度。有一天，我打算买一套西服，在市中心的男装店看中了一套，标价 1.1 亿金圆券。第二天，我到银行取好钱后，惊讶地发现，这套西服的价格已经翻倍了，我的老天！无论是定做还是在商店购买成衣，买男士西装总是得在量好尺寸前就付清钱款！

2 月底，原本在青岛、北平和天津的德国人，总共 100 人，返回了祖国。这一次，他们乘坐的是一艘悬挂巴拿马国旗的意大利老客轮，1500 吨吨位的"雷纳"（Rena）号。船长警告说，这艘小船在公海上会颠簸得很厉害，但大多数乘客担心苏伊士运河沿途的酷热，尤其是船上并没有空调系统。

Konstanze[①] 杂志（11 月刊，第 48 期）的一篇文章引起了我们的注意，作者是丹麦人，文中声称德国人将"爱"当作对付美国人最后的武器。文章标题是《我们被发现了》，文中写到，许多德国女孩住在巴伐利亚美军练兵场附近的咖啡店里，等候美国大兵的光临。对我们来说这令人难以置信，毕竟战争只过去了四年而已。

由于香烟过剩塞满了仓库，烟厂的工作时间减少到每周两到三天。

共产党的地下活动日益增多，军方进行全城封锁以追捕蓄意破坏者，这也经常使得我们完全无法工作。另一方面，腐败的政府官员、间谍和窃贼常遭到立即处决，子弹直接射穿他们的脖子。一项古老的亚洲习俗是，杀人者总是从后面靠近被害人，不给被害人看到凶手的脸的机会，手枪总是抵住背部。否则，按照迷信的说法，受害者死后会前来寻仇。许多人在内城目击了 4 名地下党和 1 名伪造证件者遭到处决，这种公开处决对企图以身试法的人也是种警示。

最近开始严格实行宵禁，有一天晚上，我从窗户往外看，发现 3 名全副武装的警察正在密切搜查违法人员。黑暗中最轻微的动静都会招致可怕的咆哮。就这件事来说，一名宪兵站在水泥邮筒后面，另外 2 名宪兵扑向了嫌疑人，卸下了他的刺刀步枪并将其逮捕，结果发现，他也是警察！

5 月 13 日，战争前线已经逼近至听力可及范围之内。共产党的炮兵部队在 15 公里开外，对国民党军队连续打击了 23 个小时。英

---

① 中文译名不详。

美烟草公司工厂的窗户都在震颤，我们看到了前德国划艇俱乐部对面有两处火光。烟雾弥漫中，地平线上有火炮星星点点的光。4 月底，首都南京和上海西北面已经落入共产党之手，他们准备不依靠桥梁，而是选择在两岸相距一两公里处横渡长江。这个时节，长江的湍急水流会给想要与之搏击的军队带来不小的麻烦。

4 月中旬，英国的护卫舰"紫石英"号经长江驶向南京，去替换停留在那里的一艘驱逐舰。共产党发现了这艘船舰，从长江北岸的堡垒向其开火。随后发生了战斗，但是火力不支的英军趁着大雾笼罩退至长江对岸并搁浅。经过三个月的围困，护卫舰最终得以突出重围。英国的战舰，包括巡洋舰"伦敦"号、护卫舰"黑天鹅"号和"协和"号，协助"紫石英"号驶向了远海。

巡洋舰"伦敦"号遭到两处直接打击，艰难地驶入了上海港。出于一如既往的好奇心，我打算去看看究竟损坏到何种程度。面向港口的这一边，在吃水线上方有个大洞，外壳已经刺穿船的上半部分，位置就在驾驶台的后面。我已经记不清死亡人数了，但是大约有 15 名船员入院，其中 2 人失去了双腿。那时我弟弟刚做完阑尾手术，在医院里跟船员们住在同一层。另一个病人稍微有点神志不清，他通过数一大叠钞票来逗病友玩儿！他就坐在床上，面前摆着一大叠不值钱的纸钞，日复一日耐心地数着，就这样无穷尽地数下去。

所有迹象都显示国民党要誓死保卫上海，至少那时看起来是这样。在城市西面的虹桥，中国军队加固了乡村的防御，田地里都是水泥重新加固的地堡，街道上则是用砖重新砌了一遍。几百个碉堡，像蘑菇一样矗立在煎饼一样的平地上。任何阻碍物都会有利于共产党行动，大小房屋以及路边的树木全都炸掉或是砍伐掉了。农场、田野和小道遍布着无数的战壕和铁丝网组成的迷宫，这些作为上述地堡、碉堡和机关枪网的补充，阻挠来自四面八方的敌人。

浦西的市区周围筑起了一个呈巨大半圆形的边界，如同齐格菲防线①一样。这边界是堵木墙，高3.5米，由50万根木柱组成，每根柱子直径约25厘米，紧紧排列在一起。大型的地堡则把守着为数不多通向城市的主要路口。

除非有特殊证件，机动车一律不允许通过这道边界。我们的家庭医生施马克鲁兹（Schmalkreuz）住在边界之外，每次他都得向守卫证明自己的身份。最终，他的5个证件都不够用，还得办第6个！

无论是上海还是虹桥，军方都收紧了对身份证件的核发，老天帮忙都没用！在此情况下，中国人随时可能被怀疑是共产党特工，外国人则必须在24小时内离开这座城市。安全部门一周内就逮捕了25名共产党特工、煽动闹事者和小偷，此外还有一些货币兑换商，他们非法囤积了许多银元。这些人被立即执行枪决！有一起行刑就在河南路的一个台子上，2名"阿尔·卡彭"②式的中国人被处决，这也是对其他潜在犯罪者和黑市人员以儆效尤了。

国民党突击部队的到来加速了附加防御工事的建造进程，他们从台湾前来，这支部队头戴美国军用头盔，脚蹬军靴，配备了自动化武器，调用了吴淞驻防区的2000辆吉普车和卡车。突击部队进驻了所有外滩沿岸高楼的高层，这是为了预防共产党从黄浦江对岸的浦东横穿过江。

才确立不久的金圆券货币体系再次濒临崩溃边缘，1美元等于400万金圆券，也就是1个银元。

---

① 纳粹德国在第二次世界大战开始前，在其西部边境地区构筑的对抗法国马其诺防线的筑垒体系。
② Al Capone，美国知名的黑帮老大。

军队将宵禁时间设定为晚上 10 点，虹桥的某些地区则是晚上 7 点，坦克和军用车以交叉纵横的行进方式在城郊来回巡视。

5 月 24 日，共产党成功突破了国民党位于虹桥机场的防线，这个地方距离我们家仅 10 公里。那天晚上 9 点，政府军开始撤退。夜色中，无数纵列自西南方向开始蛇形通过街道。这些是精锐部队，有着最优良的美国武器，全副武装！那晚，我坐在窗户旁边一动不动看了整整三个小时，看到这样的队伍不做任何抵抗就完全撤退真让人难以置信。留下的士兵仍在街道巡视，抓捕违反宵禁的人。最后，我跳回了床上，但是机关枪的动静很快又吸引我到窗边，总算有一些行动了！

有那么 15 分钟，让人觉得活像身处炼狱。我们后来知道，有十几辆坦克装甲车试图突破共产党的包围圈。恐惧之下，坦克驾驶员用重型机关枪开道，但结果像被打中的兔子一样，在宝建路①和衡山路上乱抛乱撒了一通，距离我们家倒是不远。除了路面交叉口地堡里有一些零星的火光之外，国民党军队几乎没做任何抵抗，他们在主要街道沿街的大房子里也很难掩护自己。这主要是因为，基本上每条街道和房子入口都有重重防御工事，这样也对他们自己形成了围困。

那天清早，伟大的陈毅将军一声令下，第一名人民解放军战士开进了上海。他们身着橄榄绿制服，头戴列宁帽。一些苏联米格战机在天空中轰鸣掠过，我们猜测这单纯是起宣传作用。没多久，我就冒险走上街头，在去海尼家的路上，我看到共产党军队在清理他们为数不多的死伤。

---

① Route Pottier，今宝庆路。

彬彬有礼且高度自律的解放军赢得了民众的好感。

后来，我和海尼骑车到虹桥铁路线附近，那里大规模的战斗还持续了一两个钟头。国民党军Ｐ–51战斗机短暂地出现了一下，进行无差别扫射。中午时分，我们返回城里，赢得了共产党步兵的信任得以进入六层楼的基督教青年会大楼，从屋顶俯瞰楼下的状况。数十名国民党拥护者依然盘踞在南京路的百货商场里，随时准备狙击共产党，这些商场包括大新百货公司、新新公司、永安百货和先施公司。5月26号，最后的抵抗出现在苏州河南岸，但是在苏州河北岸，溃逃的军队守住所有桥梁要道以争取撤退的时间。礼和洋行损失惨重，几乎所有的窗户和入口都遭到了枪击。流弹落在了市中心，此外还有一些小型武器的火力，路人大约有200人死伤，主要是好奇心旺盛的中国人，这些人嘴巴张得很大，全都暴露在了火力之下。

有颗子弹射穿了美国领馆的厨房窗户，这里之前是德国领馆。子弹在不锈钢洗手盆上反弹之后，最后落在了厨师面前的煎锅里，精准地撞进了煎蛋的蛋黄，而且居然没有流黄！当地的英国小报报道了这则逸闻。

那天的英雄是一名德国医生，他也是唯一一位死亡的外国人。那天，他原本是要帮助一名即将在美国领馆前阶梯上临盆的妇女生产。在去的路上，他的大腿被击中，但他依然坚持在炮火纷飞中履行完了职责。他们后来发现，这名妇女是名无国籍的白俄，她有着超乎寻常的决心，要让自己的孩子成为美国公民，因此必须让孩子出生在法定的"美国领土"上，也就是美国领事馆紧锁大门的门口。

我们的邻居是中国人——一对中年夫妇和他们三个美丽的女儿，

从基督教青年会俯瞰上海

先施公司

枪击后的礼和洋行大楼

我们两家相处十分融洽。他家的女孩衣着高雅，发型入时，妆容精致，简直就是资本主义的典范，或者说至少看起来是这样！共产党进城那天，他家两个大女儿，一个芳龄 18，另一个芳龄 19，跟我照常打招呼。天哪！我简直不敢相信自己的眼睛，她们都已合乎时宜地换上了单调乏味的蓝色列宁装以及相配的帽子，除去了妆容，高跟鞋也换成了普通的运动鞋，就像是从蝴蝶又变回了蛹。我后来才知道，姐妹俩之前就在从事地下党活动，而她们的父母和妹妹完全不知情。

国民党凿沉了黄浦江里的 10 艘轮船，其中一艘还是当时世界上最大的拖船之一，这也是为了给共产党渡江制造点麻烦。

英美烟草公司的 450 扇窗户都震碎了，此外还遭受了 5 次直接炮击，水泥屋顶上有个直径 2 米的大洞。占领此处的国民党军队和难民将所有办公室都洗劫一空。交火结束一周后，我们返回这里看到的是一片狼藉，活像猪圈。

撤退之前，国民党将江湾的航空用油仓库付之一炬。24 小时内，8000 个汽油桶爆炸，这缓慢的连锁效应延伸至标准真空石油公司（Standard Vacuum Oil Company）① 的两个大型储油仓库，在上海的夜空下形成了一道奇异的红墙，仿佛地狱般的景象。

共产党的士兵最是谦逊有礼、高度自律，他们毫不迟疑地谢绝了人们赠送的礼物或是提供的帮助。我看到有人给一名士兵送去了大饼，也就是一种中式面包，他礼貌地回绝了，强调他和他的同志不会给人民增加任何负担。最后，他还是无奈收下，不过坚持付了

---

① 标准石油和真空石油公司合并后成立 Stanvec，是美国在投资珍珠港之前在东南亚的唯一投资。

钱。我后来才知道，这些精疲力竭的解放军已经两天两夜粒米未进，没有合眼了，但依然礼貌地拒绝了提供住宿的帮助。他们就胡乱地睡在街道和人行道的边上，这样是为了不阻碍交通！我觉得太了不起了。这些年轻的战士装备着缴获来的自动武器，军官与普通战士的区别只在于他们配备了自动手枪，或者是装在木质枪盒里的鲁格手枪①。

总而言之，共产党进城没有遇到任何抵抗。动荡仅仅持续了两天，各地有一些枪击，然后就全都结束了。这些农民出身的战士有决心投身战斗，也知晓一点马克思主义的基本要义……"西方殖民主义和邪恶资本家们是所有不幸之源"，不幸既包括腐败和不道德，也指经年的大饥荒，此外还有剥削劳苦大众的地主等等，这些都是解放世间芸芸众生的正当理由。年轻的战士们受到广泛拥护，原因在于他们遵循四项基本规定：1. 绝对服从；2. 交出所有战利品；3. 不没收农民财产；4. 举止文明。

这些农民出身的战士，他们的装备是：油纸伞、球鞋或是草鞋、抗日战争后日军留下来的锈迹斑斑的步枪，此外还有苏联人提供的极其有限的小型武器。年轻的战士们仅仅凭借勇气和意志力，再加上自我牺牲的精神，就战胜了营养良好、装备精良的敌人。

几支国民党精锐机动部队不仅脚蹬战靴，全副武装，还拥有最好的武器，包括坦克、空军轰炸机和歼击机，他们却没有胆量试图保卫上海。最后在危急关头，指挥官答应给每名士兵一个银元作为抵抗猛烈袭击的奖赏，但这样的奖赏也不过就是将撤退延迟了一天

---

① parabellum，即鲁格手枪，一种半自动手枪，帕拉贝伦手枪是其正式名称，鲁格是其设计者的名字。

而已！

蒋介石政府和国民党军队正在如火如荼地向台湾撤退，他们的海军和空军几乎没有跟共产党交锋。据说，大约有 350 万人撤退到了那个中国最大的岛屿上。

木桩"齐格菲防线"根本没起到任何作用。国民党将这座超级藩篱沿虹桥附近的阵地留给了一位英勇的士兵，他凭借一己之力留在地堡之中阻碍共产党前进，足足僵持了三个小时。最终，他被子弹击中眉心身亡。

至于那些旁观的中国人，他们漠然看着碉堡前的尸体，没有一点点对于英勇战士的尊敬，这对他们来说仿佛就是娱乐。我向一个能说英语的中国人询问关于这奇怪行径的原因。他解释道，这些战士让自己丢了性命就是愚蠢，试图守卫的人毫无英勇可言。相较之下，共产党一方就不同了，他们属于牺牲。每一名战士都是为了理想而战，他们为了自己的信念付出了最高的代价。

曾有人预计共产党接管前后会出现恐慌，但这并没有发生，交接看起来顺利无阻。人们的生活照常，没有丝毫改变。货币兑换商继续把玩着手里咔嗒作响的墨西哥银元。即便是没有及时逃往台湾的几千名国民党政府低级官员，也继续得享自由。商业活动和企业主们依然按照资本主义规则照常运行着。人民解放军以及即将到来的军政府"看起来也不是糟糕透顶"，他们似乎跟之前国民党政府数周来宣传的样子完全相反。不过，在接下来半年，巨变不可避免地到来了。

夜总会和派对依然继续笙歌，可谓提升我们士气的一味良药。在基督教青年会宽敞的宴会厅，他们又重新开始举办每周舞会晚宴。上海滩最好的乐队之一再次演奏起当时颇为流行的摇摆舞曲：

《金耳环》（*Golden Earrings*）、*In the Mood*、《街上阳光明媚的一侧》（*The Sunny Side of the Street*）、*Blue Juice*、*A String of Pearls*、*Civilisation* 等等。当然，一开始是禁止供应含酒精饮料的，我们又得"被迫"偷偷将这种魔法液体和气氛制造剂带进舞厅，就装在女朋友的手提包里。有时候，我们往足球内胆里装伏特加，只装容量的一半，然后藏在胸前，就在肚脐上方。吸管得接到衬衫领子下方大概喉结处，以备不时得吸上两口。跳摇摆舞或是其他剧烈运动的舞蹈时，吸管会滑下来，里面的伏特加就会流到裆部并造成那片区域强烈的烧灼感，疼到让人咬牙切齿！

摩天俱乐部（Sky Terrace Night Club）位于富丽堂皇的国际饭店楼顶，国际饭店共有十八层楼，是上海最高的建筑，现在再一次向公众开放。天气条件允许的情况下，老主顾可以上到楼顶，在星空之下放松放松。我的女朋友露丝，开始以为夜空只是天花板的装饰而已，后来当我告诉她星星货真价实时，她惊讶得一时语塞。乐队由中国学生组成，他们演奏得十分出色，尤其是《夏威夷战争圣歌》（*Hawaiian War Chant*）和《威基基》（*Waikiki*）两首，好听到起鸡皮疙瘩。美国人和苏联人一道跳起了当时最流行的舞蹈——《解放舞》（*Liberation Dance*）。我们跳着伦巴步子在拼花地板上摇曳，大概有来自 10 个不同国家的人在一起舞动！

英美烟草公司香烟厂的工作依然是每周工作两到三天。新的老板是位英国人，我跟他相处得挺好。一开始，我感觉以前从没遇见过这样的人，所以竭尽全力去适应他。总的来说，我还是有点摸不透英国人，在开口之前总得防备着些，得再三思索才开口讲话。一些戏谑之语有可能会遭到误解或者让人生气。

在这方面，美国人就完全不同。在我看来，在心智和态度方面，

大剧院、国际饭店和基督教青年会

他们跟海外的德国人很是相似。跟英国人比起来，德国人能更快地跟美国人建立起友好关系。从另一方面来说，美国人似乎精神更加自由，也不那么终日忧虑，这跟严谨的德国人和英国人也不一样。美国公司可能会第二天就开除你，也不给合理的遣散费。而开除的理由，比如说我这次的遭遇，就是个人原因，也就是说，有其他职员匿名中伤你。

英国人恰恰相反，他们非常关心员工的福祉，如果努力工作，他们一定会给你奖赏或是升职。在英美烟草公司，如果要开除任何部门主管，都需要董事会成员一致同意才行。

7 月里炎热的一天，我们在米勒（Mueller）家开了一场泳池派对，他家在虹桥。我们花了一上午来清理瓷砖游泳池和水泵，由于最近时局变动，这水泵荒废了许久。我们从 250 米深的井里泵出了冰凉的饮用水，水里还混合了一些藻类。一般来说，游泳池的水得用氯气消毒，或是煮沸到可供饮用，以消灭胃肠炎、斑疹伤寒和痢疾。

7 月 24 日，那天是周日，上海史上最严重的台风袭击了这座现在拥有 700 万人口的都市。中午就开始下雨，到了下午，狂风吹倒了我们的伏特加酒瓶和三明治。我们继续跳舞，斜斜歪歪地走在风里。最后，藤椅和桌子，所有的东西，全都滑到了游泳池里。家里很重的铁门也给风吹开了，旁边的房间泡在了水里。天空中闪烁着许多奇怪的蓝光，街上的电线互相交缠在一起，有些直接从电线杆上脱落了下来接到了地上，不断冒着电火花，嘶嘶作响。我们花园后面，一棵 10 米高的杨树砸穿了一个电气站的屋顶，引起了火灾。整个街道变成了战场。霞飞路上没有一棵树是直立着的，狂风刮倒了几百棵梧桐树并将其连根拔起，它们就横在了路中间。黄浦江水暴涨，超过了警戒水位，没过了外滩，大约半个内城都被淹了。电线在电线杆上晃来荡去，划过竹篱笆和商店，向四面八方洒出一阵火花。

此时，国民党往台湾的撤退还没有完成，他们试图从海上封锁上海。每天，国民党的 P - 51 战斗机都会前来扫射，一次会有两三架，这让铁路运输受阻。有一架轰炸机在英美烟草公司附近扔了两个小炸弹，两名工人遇难。这样不间断的轰炸未见任何成效。英国货轮"晏芝"号成了这样扰乱性空袭的目标，但没有受到多大损害。

食品供应充分，只要俱乐部和电影院还照常营业，我们就没有什么好抱怨的。

共产党的新货币叫"人民币"①，接管后两个月，这个货币体系就稳定统一了。经验不足的当局禁止了所有美元交易，然而一夜之间黑市就冒了出来，情形几乎跟国民党执政时期一样。在国际饭店就餐得花上 4000 元人民币，含酒水饮料，或者是在任何一家普通的餐厅也都是如此。按照黑市汇率，4000 元人民币等于 2 美元。商店里一小瓶伏特加是 1500 元人民币，然而在夜总会里则要价 13000 元人民币。

美元失去了影响力，然而大众却似乎不以为意。对于那些之前工资按美元结算的人来说，情形最糟，他们以前对时下大规模的通货膨胀毫无感觉，但如今他们的报酬按照官方的美元兑人民币的价格来发放，这个汇率比黑市的可小多了，简直是一夜致贫。

---

① 上海解放初期延续解放前的通货膨胀，人民币有万元币。财政状况转好后，改人民币 1 万元兑换新人民币 1 元。

母亲向法国领事馆申请了签证，法领馆是当时在政府禁令之下唯一发放可以进入德国签证的领馆。有谣言说，10 月份将会有一艘法国的蒸汽船停靠上海，二等舱要价 400 美元，依我们看这就是一等一的抢钱！

挨过了六个月，我在英美烟草公司的试用期满，签订了雇用的合同，工资也涨了一些，这真让人大喜过望。

沿着黄浦江东岸的工业成了每天空袭的主要目标，主要是浦东。有一天，两颗炸弹炸毁了我们通勤的轮渡码头，幸好吉星高照，我们搭的巴士晚到了 10 分钟，现场已经全是急救车和防空部队。

每天空袭次数与"周"俱增。一般来说，炸弹由三四架 B - 24 飞机从四五千米的高空投下。尽管没有高射炮，但是无知的士兵们极力试图射落侵略者，这些侵略者从空中发射出几千颗子弹，造成了许多中国人伤亡。

P - 51 歼击机的飞行员很容易辨认，他们都系着白色的丝巾，歼击机掠过工厂的房顶，朝任何移动的物体射击。英美烟草公司工厂的 3500 名工人毫发无损。每个工作日，大家都会议论"飞机到底啥时候来"，如果飞机没出现的话，大家就会抱怨："今天真没意思，现在几点了，它们还来吗？"

我们返回德国的愿望愈加迫切。假如没有封锁线的话，假如法国领馆能发给我们签证的话，母亲、9 岁的弟弟和我就能幸运地搭乘客轮离开上海了。然而，太多"假如"了！

我时常梦到远离已久的祖国。亲戚们从莱比锡寄来的信，还有德国的电影，让我仿佛能看到茂密的森林和美丽的湖泊，似乎也能闻到冷杉木的气味。从 1936 年以来，这些都让我魂牵梦绕。

派对越来越少了，上两个月一场派对都没办，这让人难以忍受。每周朋友圈都在萎缩，真是毁灭性的灾难！

在一次好朋友的告别聚会过后，大家一片醉意地道别，我那醉醺醺的朋友弗里茨（Fritz）答应载我们几个人回家。事后看来，那简直就是我人生中最危险的一段旅途。他那辆血红色的辛格（Singer）是辆英国产敞篷轿跑，有着铝质的挡泥板，我们戏谑这辆车是"带着缝纫机的马车"。车里其实只能坐 3 个人，但是那晚居然挤下了 9 个人。在我们去虹桥的路上，我开玩笑似的怂恿弗里茨开到时速 105 千米。他乐得忘乎所以，忘乎所以到很乐意开到这个速度。车子在拐弯时滑向了一侧，倾斜得只靠两个轮子行驶，因为车负载太重，轮胎摩擦溅起的火星烧掉了一点挡泥板上的漆。

共产党的夜间巡逻队把我们拦下来两次，当然，我们是"不知道有什么宵禁的"。第一次被拦下之后，我们风驰电掣般驶向了徐家汇，速度快到差点看到了天堂门口的圣彼得。在急速转过一个弯道的时候，弗里茨失去了对车的控制，直接冲向了一个水泥邮筒，不过毫发之差就差点撞上。当时我的一生都在眼前闪过！车上的女孩们高声尖叫。我们立即停车，所有人都喝了一大口伏特加才冷静下来。我们继续向一个大十字路口开去，在一个 2 米高的环岛碰到三名士兵带着步枪跑来追赶我们。我们绕了三圈，最后两名士兵居然跑到了我们前方。我永远也忘不了这个场景，这简直就是 20 年代启斯东警察电影①的再现。凌晨 4 点，我们在一个人力车夫光顾的小吃摊吃了碗热汤面来缓和心神，之后我才回家。开到我住的那

---

① Keystone Cops of the 20's，启斯东电影公司于 20 年代制作了一系列默片喜剧电影，影片中，警察"通常穿一身过于肥大的警察服，开一辆快要散架的破汽车，接着便卷入一场疯狂的、莫名其妙的追逐，以此引起观众的喜剧快感"。

条街的拐角，我跳上已经放下的踏板，弗里茨猛地一刹车，我就飞到了门前的台阶上。奇怪的是，我居然没有受伤。

几个月来，8 艘轮船停留在长江的河口处，等待着国民党的准许进入上海港。货船基本上不敢试图闯过封锁线，这有可能会招致同时来自海面和空中的袭击。正是由于这个原因，轮船公司才拒绝承担载客的责任。

现在，眼看就要到年末，我们返回德国的事没有任何实质性进展，主要原因仍然是国民党在舟山群岛制造的封锁线。舟山群岛在上海的南方，距离上海 150 公里。

现在，除了"蚊子"① 和 B‑24 轰炸机以外，P‑51 和 P‑38 歼击机也是几乎每天都来造访。造成伤亡最多的一次是在浦东，有 62 名中国人遇难。第二天，6 颗炮弹击中了怡和纱厂，9 颗落在黄浦江里，另外 5 颗炮弹击中了距离英美烟草公司仅 200 米之遥的华界。我们向天空眺望，却没发现有轰炸机飞行。

共产党很快就组织了反空袭防御。工业区布置了 70 台德国产重型高射炮。这些武器看起来不像来自蒋介石军队，30 年代跟日本人打仗期间，他的军队曾经有克虏伯装备。这批高射炮更像是苏联人在第二次世界大战期间装备的加农炮，他们将这些连同其他一些战利品送给了他们的中国共产党盟友。

高射炮射击形成的云，一小团或黑或白，飘在天空中。从英美烟草公司印刷部的楼顶，我们目睹了一些让人兴奋的事，一些弹片落在了我们的周围。那时还没有空袭警报网，为了员工着想，一些工厂和企业会自己安装警报。即便是在第二次世界大战期间，也从

---

① 是英国在第二次世界大战时期服役的一款双发动机轰炸机。

浦东的一次爆炸袭击

来没有防空洞。无论如何，好奇的中国人都会跑到空旷处或是爬到屋顶。而当这些围观群众中有人被击中时，他们又会感到茫然失措。

又到了给我开生日派对的时候，然而这次很多事情都进展不顺，让我很不开心。首先，黑胶带和创可贴卡住了本身就破损的唱片机，无法使用，过了好久才修好。然后，瞎忙之中我又忘了吃饭，让我的胃没有足够的准备来应对威士忌和伏特加。我感到了意识模糊不清，最后，前额敷了冰袋，喝了劲儿很大的咖啡才回过神来。我后来才知道，每位客人都给我灌了杯咖啡，足足 8 杯之多！母亲告诉我，我那会儿喘气就像一辆空气滤清器被塞住了的四冲程汽车。随着派对气氛达到高潮，我跳起了舞，又成了好汉一条。

鲍勃（Bob）是我的好朋友，他是英国人，一直以来就是个不胜酒力的家伙。他喝得醉醺醺的，像往常一样又来挑衅我，要跟我打一架，理由是德国人用毒气毒死了很多人，而我刚好是个德国人，他就是想揍我。另一位英国客人罗迪（Roddy）向鲍勃抬起右手臂摆出了一个纳粹致敬礼，喊着："胜利万岁！"[①] 鲍勃愤怒不已，向他怒吼道："英国人不许这么说！"他举起拳头就向我这个方向猛揍过来，有三个人拉住了他。这一切都太耗费力气了，他突然瘫软了下来，平静地睡了过去，就像病人接受了麻醉一样。凌晨 1 点钟，所有客人都走了，终于清静了！饥肠辘辘之下，我狼吞虎咽下一大碗腌鲱鱼，还有我的最爱——一块哈尔茨（Harzer）奶酪馅饼，那"臭味"真是绝了。母亲非常善于制作这些代表终极美味的

[①] Sieg-Heil 这是德国法西斯分子见面时招呼用语，此外还有"希特勒万岁（Heil Hitler）"和"六首万岁（Heil, mein Führer）"。

奶酪，奶酪因萨克森州哈尔茨（Harz）山区而得名。准备工作很简单：将混合了芫荽籽的奶油奶酪馅饼包裹上薄纱棉布，浸在食醋里，然后在陶罐里放上几个礼拜，不要盖紧盖子。做好之后，那味道秒杀戈贡佐拉干酪①。这个小"蛋糕"成熟之后，有着光滑的表面以及一股恶臭，臭到眼睛都会瞎掉。几个小时后，我醒了过来，口渴到嗓子冒烟，喝了"一大桶水"。早上6点，鲍勃来访并道了歉，他希望我们仍然是好朋友。但是，只睡了两个小时的我很想找他打一架。我的口气就像鸡笼里的气味，十分难闻，每次呼吸甚至都能闻到"鲱鱼奶酪"的味道！

某个工作日的午餐时间，受到空袭惊扰，我们再一次冲到印刷部的楼顶去看这场"表演"。那时，附近工厂受共产党影响的工人在一间木质单层小楼里开会，距离我们仅仅50米而已。这个会议是在昨天组织的，特务有足够的时间去通知国民党开会地点。两架野马（Mustang）歼击机不知道从哪冒了出来，开始对那栋小楼扫射。恐慌之下，里面100名与会者开始作鸟兽散，冲向了我们印刷部——附近唯一的掩护。两架歼击机在俯冲时转了个弯，开始对逃散的人群扫射，然后向上转了个大圈，在距离我们头顶仅仅5米的高度掠过。我们的涉险显得非常愚蠢。许多子弹在二三楼爆炸后，工人们惊慌失措开始四散逃逸，而且奇迹般地没人受伤。

无休止的游行让无关人等困扰不已，尤其是针对"在朝鲜的美帝国主义"的抗议游行，让成百上千人涌向了街头。倘若有人试图冲破那牢不可破的纵队走到路对面，要么遭到殴打，要么就被扔进监狱。有一位美国领事馆的官员威廉·奥利芙（William Olive）竟

---

① 意大利干酪的一种，味浓，有蓝纹。

有胆量强行通过一支游行的队伍，顿时成为众矢之的。最后，这位领事官员不得不为"无礼的冒犯"道歉。我当时不得不等了两个小时才穿过马路，其他不耐烦的欧洲人无奈加入了游行，花了好几个小时！

解放军进入上海后，我目睹到自旅居上海以来最为显著的变化，那就是民族自豪感空前高涨，这种自豪感通过新运动和广泛的团结友爱重新塑造了广大民众。所有的混乱、牟取暴利的行为、偷盗行为，以及战后一切萎靡的情绪，就像是有魔杖一挥，全部都烟消云散，转变成了一种高度自觉的诚实。而带来这一切重大变化的催化剂，就在男女皆可穿的制服中——单调蓝色的列宁装以及同样材质的帽子。

我母亲就体验了这样一股新风气。有一天，她去电影院，不小心将手包忘在了座位上，里面装着巨款。那时她觉得没必要去找，三天后才联系了电影院经理。有一位中国观众将手包原封不动地交还了回来。这完全出乎我们意料，这事会发生在上海？只有做梦才可能吧！过了好几个月，这件事都让我们觉得难以置信。

公共汽车、有轨电车和火车变得不可思议的准时，回顾上海历史，这实属罕见。每一站都有人严密地观察出发和到达时间，保证必须遵循时刻表，误差必须控制在半分钟内。司机要么加快、要么放缓速度，就是为了精准地匹配上到达时间。

第九章　1950年

去年 5 月开始，海尼就试着想要返回祖国。那时并没有德国的外交代表机构，法国领事馆是唯一可以获取签证和进入德国许可的地方。换言之，战争结束五年后，假如不依靠被占领国的慈悲，你就得变成无国籍的人。

英国承认共产党中国，这让许多欧洲人重燃希望，盼望着能有船只到访上海港，如果船只能够进港的话，那么就意味着国民党封锁的结束。在几周之内，只有一艘英国货船成功突破了封锁。国民党的决心强过以往，誓要竭力使上海成为孤岛。这艘英国货船"飞箭"号成了猛烈空袭的目标，在其价值千万美元的货物毁于火灾后，不得不折返。

1949 年 7 月开始，由共产党发行，正处于流通中的新货币人民币就遭遇了大幅贬值。一开始，1 美元可以兑换 100 元人民币，但是现在汇率已经接近 1：23000！

折实储蓄是新建立的反通胀手段，每天由政府调试。这对稳定购买力来说是个很好的尝试。比如说，一个工人拿到了 10 万元人民币，他马上将这个数目存进"人民银行"，在那时一个折实单位等于 4000 元人民币的情况下，他就会得到 25 个折实单位的存单。如果这个工人需要用钱，比如说一周后需要购买食物或其他物品，他那时就可以取出等值的现金。折实单位的价值由每天基本生活物资的综合价格决定，比如说大米、蔬菜和煤炭的价格。广大民众认为这项措施有益且公平，对此十分欢迎。

英国承认共产党政府激怒了国民党，他们通过轰炸英国拥有的资产来进行报复，并特别瞄准了仓库和工厂。1 月 25 日，英美烟草公司位于浦东的香烟厂就成了轰炸目标，中午时分，轰炸机携带而来的 14 颗重型炮弹从天而降，落在了浦东的黄浦江沿岸。

那时，我刚好和两个俄国人在印刷部的二楼，能很清楚地看到逐渐靠近的飞机，谁料飞机突然一股脑儿地投下炸弹，那些小圆点以六十度的角度直冲我们飞来。我的老天，感觉是逃不掉了！我们马上冲到一楼，躲到了水泥阶梯下面的空间里，幸运的是，只有一颗炮弹在 80 米开外爆炸了。楼里的大门横着从我们旁边飞过去。门厅的深处，十几个中国工人挤成一堆，躲在一堆手脚向外伸着的尸体后面，基本没有受伤。高射炮持续射击，但是徒劳无功。两颗炮弹刚好就落在了黄浦江岸英美烟草公司装卸码头旁边，最后四颗炮弹瞄准了工厂最大的仓库，这座仓库长 100 米、宽 50 米、高 8 米，里面塞满了木板。炮弹击穿了屋顶，在地面上爆炸，几百万根"火柴"到处乱飞。

那时，刚好有个工人在仓库旁边吃午饭，不过他看到炮弹向他飞来，一路奔向江边，得以幸免于难。第二天，他在弹坑旁边发现了已经完全炸扁了的金属饭碗。英美烟草公司的工人没有任何伤亡，连一个重伤的都没有，真是令人难以置信！

大火最终还是吞噬了仓库。浦东消防队开来消防车，花了 51 个小时才扑灭这场地狱般的大火。大火过后厂房沦为一片焦土，只剩几根水泥柱子还支撑着房顶。炮弹大约有 250 千克重，砸穿了厚

厚的水泥地面，留下了一个直径 8 米的弹坑。那天总共有四家英国
企业受到了炮击，其中一个汽油库和油罐车着火了，浓烟熏黑了上
海的天空。其他的炮弹落在了外滩南部江岸人群稠密区域，几百名
中国人在大火中丧生。

在英美烟草公司工作后，我认识了许多新的中国朋友，尤其是
一些厂区部门主管。在餐厅，我会跟苏联人坐在一起，了解一点他
们的文化。我确实了解！仅仅几周的时间，我的俄语词汇量就飙升
到 120 个，可惜都是骂人的话，限制了我的会话能力。餐桌上，他
们只用俄语交流。有一天发生了这样一件事。戴眼镜的工业化学家
来晚了，坐在我旁边的诺夫格罗多夫（Novgorodov）用俄语跟他打
招呼道"Mandavoska Vaska"，除了我，他们全都笑了起来。我请
他们用英语告诉我什么意思，原来是"戴眼镜的螃蟹"。那时我觉
得没什么好笑的，但至少我学会了一个不是脏话的词语，而且我
想，如果是俄语本身的话应该很好笑吧。

两个星期后，我跟女朋友有个约会，她是英国人，母亲是俄国
人。去接她的时候，她让我进屋，我见到了几位上了年纪的俄国妇
女正在开咖啡叙谈会（kaffeeklatsch）。她们问我晚上打算去哪，我
回答道"我们会去街角那家广东餐馆吃饭"。我停下来一小会儿，
盘算着"我可以跟这些女士们讲讲那天新学的搞笑词汇，晚饭的时
候大家也许会乐起来"。我充满信心，笑着说道"我们会尝一道很
特别的菜，叫 Mandavoska Vaska"，结果居然一片死寂。女士们惊
愕不已，纷纷低下头看向别处，下巴都快吓掉了。后来我才知道真
相，深受打击，mandavoska 是螃蟹没错，但并不是海滩上的那种，
而是人类裆部会有的那种——阴虱！

没有船能够穿过封锁线。一艘美国客轮"戈登将军"号试图穿

越封锁线，但是没能把船上 2000 名美国人和其他国家的乘客送出去。第二艘船，英国的安庆轮也中断了行动，因为国民党在长江三角洲的北部运河里布置了水雷，以加强对舟山群岛的保卫，这片岛屿距离上海南部 150 公里。那时，美国之音报道了上述行动，称这将会使共产党难以集中沿岸的平底帆船和机动船。

国民党现在停止了对上海的空袭，因为十几架燕翼米格-15①飞机的飞行速度和推进功率远超 P-51，取得了制空权。就在不久前，为了避免人员伤亡，英美烟草公司出勤全都改为夜班，现在重新安排日班了，人们又可以自由呼吸了。总的来说，对上海的空袭是较为轻微了。落在法商电车电灯公司②（French Power Co.）附近的一颗炮弹造成了最严重的毁坏，炮弹刚好避开了震旦大学，造成了 1000 人伤亡，其中 600 人遇难。国民党的常规空袭还在继续，但是改由夜色掩护进行。

由于库存过剩，英美烟草公司旗下两个工厂的 7000 名雇员现在每周只工作一天，但是工资全额照拿，这是工会的要求，也可以说是国家的要求。此外，让大多数外国公司感到最为头疼的是，他们还得赚取足够多的大额财政收入以用于支付薪酬。公司管理层根本不可能允许公司停止运转。每年，英美烟草公司为其两个工厂厂房，仅就支付的土地税一项，就达到 300 万美元，这还是按照官方的汇率。其他的缴税项目还包括商品税、利润税等等。一开始，陷入资金困难的英美烟草公司拒绝支付以上款项，但是政府要求其总部英国惠尔斯（W. D. & H. O. Wills）从英国汇寄资金——这家公

---

① 一种苏联战机。
② 简称"法电"，是上海租界时期的三大电车运营商之一，位于法租界内的吕班路卢家湾路，距离震旦大学不远。

司世界闻名，资金也足够充裕。

我们在霞飞路上租住的房子有 5 个房间，为此我们需要每年向房东支付 200 美元的土地税和租赁税以替代租金。

共产党政府没能控制住势头愈猛的通货膨胀，但是通过之前提到过的那个折实单位系统稳定住了工人的购买力。国民党总是动用最激烈的手段，给大众造成了灾难般的后果。现在，官方对美元汇率是 1 美元等于 40000 元人民币。折实单位的价格甚至还跌了，跌了 40% 左右。

不管怎么说，自从 1949 年共产党接管之后，我们家以及所有外国人的生活并没有太大不便。

我们返回德国的计划依然搁浅中，这事完全取决于法国领事馆。要获得进入法国占领区域的签证和许可需要无尽的等待。根据当时的法律，我们变成了无国籍的人。4 月中旬，我们第无数次递交了签证申请，某种程度上来说这也是无可奈何之举，否则的话，从长远来说我们没法负担离开中国的费用。我从英美烟草公司领到的薪水只够刚好支付我们的日常开支。

现在，我打算申请澳大利亚的移民签证，移居澳大利亚也可以让我继续工程学的学习。进入"奶与蜜之国"的条件是，至少拥有 200 澳大利亚元的财产证明和通过上海澳大利亚领事馆获得的工作保证书。此外，还需要在澳大利亚有保证人，愿意为我进入澳大利亚作保，担保我道德无虞。相较于其他离开中国的办法，这样的要求是比较简单的了。

海尼和马丁（Martin）4 月会去天津，从那搭船经由香港去伦敦。我所有的朋友一个接一个地离开了，如同老鼠逃离一艘将沉的船一般。再也办不起来派对了，一种奇异的孤独感将我淹没。

英美烟草公司仍然是一周只工作一天，即便是这样，工人们一天中大多数时候也都游手好闲、无所事事。工厂里大多数的英国籍的部门负责人要么心灰意冷，要么在公司建议之下返回英国。从商业角度而言，英美烟草公司的未来看起来一片黯淡。生产活动只有一天，却要负担一周的费用，这完全是个灾难，此外还会吸干英国母公司的资金。我的朋友海格曼现在开始掌管浦东工厂的印刷部，他来自萨克森州，曾经在韬朋路分公司工作。看到我的时候，他用混杂了萨克森口音和荷兰口音的英语说道："Ich huff ziehn you zamwhere?"①

国民党的封锁导致了汽油和柴油的价格飞涨，此外也造成了原材料的大规模短缺。数百辆公共汽车都是由苏联军用卡车改装而来，现在他们得换种燃料，这些四轮庞然大物的后排都装上了那种难闻的木质燃烧装置，就像第二次世界大战期间一样。没多久，坐在后排靠窗的乘客就抱怨后背炙热难当，当局的说法是这个炉子是用来牵引车辆的。我听说过热脚②，但没听说过热臀！

过去几周来，国民党的每晚夜袭逐渐消失了。5 月 11 日晚上 9 点，我们最后一次听到空袭警报的声音。一架孤独的"解放者"轰炸机在上海上空以相当高的高度盘旋，地面上的人们只能听得到非常轻微、遥远的轰鸣。那时，我望着东面的天空，希望有几颗炮弹掉下来。夜晚的侵袭者如以往一样没有遇到来自地面的反击。突然之间，出现一道光束，包裹住了那架飞机，5 秒钟之内，大约 20 道探照光瞄准了这个目标，追踪高射炮弹从四面八方袭来。不到 1 分钟，机身上出现了一个红色的亮点，瞬间，这架轰炸机就处在火光

---

① 这句混合了德语和英语，猜测是"我是不是在哪见过你"。
② hot foot，一种恶作剧。

由卡车改装成的公共汽车

之中，它不得不转大半圈后坠落在了浦东。

第二天，我在距离英美烟草公司两公里的地方找到了飞机的残骸——一堆破破烂烂的铝材。冲击之下，引擎撞进了大概 200 米开外的地里。新闻报道称，四名飞行员死亡，其余两名跳伞得以逃生并幸运地逃过了抓捕。

打下这架飞机可谓效率极高，是以极高的精准度将它从天空击落的。有人猜测，这架飞机启动之时苏联人的雷达就已经捕捉到它了。一架热传感防空火箭弹也发挥了作用。

这次最后的空袭对国民党来说是一等一的灾难，比如说，政宣意义上的失败，这也意味着对上海所有空袭到此为止。过去九个月来的空袭只能算是扰乱性空袭，战争的阴霾依然存在，但随着距离上海 150 公里的舟山群岛由共产党占领，国民党现在只能将 700 公里之外的台湾作为据点，寄希望能突破封锁线。商人们本来期待有个美好的未来，但是失望透顶。国民党在华中和华南所有港口都埋下水雷，造成了四艘外国轮船失事，有两艘于长江河口靠近上海港附近沉没——一艘是希腊货船，另一艘悬挂了巴拿马旗帜。

6 月的雨季下起了倾盆大雨，淹没了许多街道。小孩还是照样到外面玩水。有轨电车司机似乎对泛滥的洪水兴致盎然。就像孩童为了摆脱无聊而想要冒险一样，他们拖着满员的车厢在水中全速飞驰，这不仅让车厢里的乘客浸在水里，也让路上的载客三轮车和人力车同样遭殃。这样一顿愚蠢的操作之后，有轨电车司机通常会吃上一顿拳脚。

7 月，我们开启了一次大胆冒险，这让人颇为兴奋。我们总共 6 个人，2 个苏联人，1 个英国人，1 个德国女孩，此外还有好朋友彼得和我。我们打算骑自行车到乍浦去，这是个距离上海 120 公里的小镇，位于上海的东南部、杭州湾沿岸。我们一大早就出发了，穿过村庄和田野，开始了这趟怡人之旅（如果不算艰险的话）。三小时后，我们抵达了黄浦江上游的闵行。过江四小时之后，我们抵达了海岸。还没到乍浦，半天就已经过去了。所以我们停留下来好好休息了一下，舒展舒展筋骨。厚重的铁丝网沿着海岸线不断地延伸开去，我们没法到海里畅泳一番。后来才知道，这些铁丝网是为了防止国民党特务从此上岸。

一大片盐田在海岸上绵延了半公里。[①] 涨潮时，泥浆颜色的海水通过一座小堤坝涌入一个大的木质容器里面，留下淤泥，清水蒸发之后，就会留下豌豆大小的盐晶。

我们脏兮兮得像一群猪，鞋子上全是泥，已经看不出原本的样子。乡间狭窄的道路上都是石块和坑洼，自行车一直在这样的道路上颠簸，我们的手臂和大腿都血痕累累。

休息半个小时之后，大概下午3点，我们打算返程。到达第一个小村庄后，一名彬彬有礼的战士将我们拦了下来，将我们护送到当地的一个军事哨所，我们三个受伤最严重的英雄修复了一下伤口。喝了点东西，抽了阵香烟之后，我们一瘸一拐地向下一个村子Nanchow[②] 出发。我此刻已经身心俱疲，就在昨天，我还参加了一个派对，派对上的美酒实在不容错过，结果我只睡了三个半小时，有非常严重的宿醉！两小时之后，我们抵达了Nanchow，这里也由宪兵接管了。

他们让我们坐在一张大的长方形橡木桌上，我们已经为最坏的

---

① salt pens 应为 salt pans，疑为原文印刷错误。

② 中文名不详。

结果做好了准备。一名政治工作者礼貌有加，用不甚灵光的英语向我们解释，在海边无事瞎逛是很危险的，因为国民党特务一般都在杭州湾的海边登陆，他腰间的木质手枪匣里装了一把鲁格手枪。我们乞求他们能高抬贵手，强调我们谁都看不懂中文，对新闻和海岸边沿路的标识都是睁眼瞎。最后，我们狼吞虎咽下了一大碗米饭和几盘美味的蔬菜，此外还就着绿茶和红茶囫囵吞下了许多食物。他们甚至还给了我们香烟抽。这些都是给我们的款待，因为自八小时前在闵行吃完了三明治之后，我们就粒米未进了。

晚上6点，在6名战士的护送下，我们骑着自行车继续向黄浦前进。夜色中，我们摸索着走过了一条狭窄又满是坑坑洼洼的小道，小道两边都是稻田。2名战士拿着手电，一个在前面开路，一个在队尾压队，确保我们几个人排成一行纵列。小雨淅淅沥沥地下着，我们时不时地会跌进旁边的泥里。然后，没有一点声响，彼得消失了，他就这样不见了。我们往回找了好久，在一片稻田里发现了他。他看起来就像蛇发女怪，一种来自深海黏糊糊的史前怪物，不过他身上粘着的不是海草，而是泥！最后，花了两个小时，我们全身湿透，最终抵达了黄浦。我们找了家小面馆，挤干了衣服里的水，然后在灶台边把衣服和裤子都烘干。我们吃着热乎乎的面条，让饿着肚子的战士也吃一点，不过他们婉拒了我们的好意，说道"我们只奉献，不索取"，这种精神真让我深受感动。

很快，当地军方组织了一艘机动船，将在各地走失或者遭到逮捕的人请上船，包括我们和另外20个苏联人。我们的船在战士和土匪的交火之间穿行。哈利路亚！谁都没有想到我们的冒险会以这种方式结束。

到达闵行后，军方终于大发慈悲，允许我们往家里打电话，解释为何晚归。我打回去之后是弟弟接的电话。电话的信号太糟糕，我用最大的声音在喊，而四分钟的通话里他只听到了几个词，像是"闵行"什么的。他居然问我是不是在精神病院里！闵行就是因为建有精神病院而知名的。许多朋友都觉得，我和我的一些玩伴就该进精神病院，因为我们的恶作剧和冒险实在是太愚蠢了。

最后，军方将我们交给了当地的警察局，事情开始变得有趣起来。警察局局长是个非常讨厌的家伙和十足的混蛋，他在等着我们，怒气冲天，一直朝我们吼叫说去海岸是违法的，即便是苏联人也不例外，而苏联是当时中国最亲密的盟友。他一直在用中文大喊大叫，我们也没法给他一个合理解释。他没收了我们的自行车，将我们送上卡车，送到了上海的警察总部。

午夜时分，他们用枪指着我们，将我们赶到了等候室，等待轮番问询。11名配备了驳壳枪的警探看守着我们。我们在靠墙的长椅上坐了足足两个小时，不允许互相交谈、饮水或是上厕所。警探显然已经很累了，不停地抓耳挠腮、吐痰和打嗝。这幅光景真让人恶心！最后，政委来了，才开始走流程。讯问从团队的两个领头的开始，还好是用英文，接着是四个小时的轮流讯问。他们怀疑我们是间谍，有一名警探甚至指出我们身上的伤就是降落时在铁丝网上蹭伤的。我们看上去就像一群再一次跌进食槽里的猪。彼得梦游般地进入了问讯房，但是当他们出示了一张由旧政府发放的身份证后，他完全吓醒了，上面职业一栏写着"美国海军摄影师"。三年前，美国海军雇用他为正式的摄影师。负责讯问的警官讶异地抬起眼来，要求彼得告知他相机和胶片的下落。最终，早上6点，在全面检查了卡车和搜身之后，我们得以释放。

这番残酷的考验之后，我精疲力竭，睡了整整二十四个小时才回过神来。但总的来说，回想起来这不失为一次有趣的经历。

之前提过的 Nanchow 村，有一条 2 米宽的大街，如同童话书封面上会出现的那种。三三两两的商店和居住区，大多数都不是垂直的，感觉出自斗鸡眼木匠之手。一眼望去，Nanchow 郊外的稻田都看不到边界。我们冒险的途中看到最为怡人的一幅景象是，一个还没 1 米高的农家小男孩牵着一头巨大的水牛。这庞然大物两端都抵着房屋墙壁，占满了道路，我们只能躲到小巷里去。我们拍下了这次偶遇，相片或许能在摄影比赛上得奖：一个光着身子的小男孩，牙都还没怎么长出来，淌着的鼻涕晃来晃去，咧着嘴笑着。这画面能融化所有人的心！

那时，我们离开上海的希望依然渺茫，仍然无法从上海直接回到欧洲。有传闻说，一艘德国轮船"艾丝美拉达"号会载着钢铁于 9 月份抵达中国，而后有可能会带着乘客返回。我们相信了许多谣言，然后又希望破灭。后来，我们开始变得有点漠然，不再轻易被打动。全世界似乎都处在动荡之中，无论是美国、澳大利亚还是南美等等，罢工和共产主义运动到处都是。如果这些态势最终会激化发展成另一场战争，那么祖国才是最好的庇护所。从法国领事馆获得必要的文件无限延期，这摧毁了我们所有的耐心和希望。

我原本考虑过移民到美国，但概率渺茫。由于我出生在上海，美国人自动认为我是中国公民，这一类别的移民份额早就没有了。等待名单大概有一公里长，有生之年都没希望。那么转而选择加拿大，看起来是可以的，但是那里的冬天太过漫长和寒冷，没门儿！南美倒是气候宜人，然而语言不通，我词汇量只够说"ole"①，而

---

① 西班牙语，意思是"加油"。

且也没兴趣学。此外，斗牛和类似的残酷活动也让我嗤之以鼻。

澳大利亚似乎拥有梦中的一切，"它就是天堂，有着纯白的海滩、怡人的气候以及温暖的冬天"，这是一位朋友的原话，他居住在布里斯班。我甚至还可以在后院养一只袋鼠，就像很多人以为的那样，袋鼠还会跳跃过首都的主要街道呢，但那大概是 180 年前的景象吧。澳大利亚绝对成了我的首选。

过去几年来，我的同学和朋友都流散到世界各地，这某种程度上让我觉得自己是个孤儿，已然失去了祖国，也没有任何有效文件。派对上越来越少出现英国人、俄国人和法国人，取而代之的是中国人、泰国人和不知道什么国家来的人，尤其是国籍不明者居多。派对依然会开 3 小时～5 个小时，之后就去期待已久的路边面摊大快朵颐。吃那些热汤面最大的乐趣就是，要撒上我们说的"垃圾酱汁"，这种酱汁就跟洗碗水一样。此外面里还有一点肉，我们则称之为"老鼠尾巴"。

由于上司即将离开上海回到英国，英美烟草公司提出要我负责管理浦东工厂的维修部，这是迄今为止我被委任的最大职责。我期待履职会一切顺利。公司总部的那些家伙会接受我技术方面的建议吗？最重要的是，会认可我的能力足够应付数百台运作失败的机器吗？不管怎么说，我在战争期间学习机械的学徒经历被证明是一笔无限的宝藏，此外父亲还留给我三本精装本 Hütte 工程技术百科全书①，这些都足以让我胜任新工作。

这样，我有了自己的办公室，坐在一张巨大的书桌后，此外还

---

① 可能是《Hütte 工程技术基础手册》，是德国工程界使用最广泛，并在国际上最广为人知的工程工具书。

有 4 名中国文员和 2 名工头供我差遣。刚一开始，我还有那种总揽全局、狂妄自大的情绪，不过立即变得谦逊了。原因就在于那台电话，每当电话响起，我就感到毛骨悚然，因为这意味着那些老掉牙的机器肯定出问题了。现在，我一周只工作两天，而生产还是维持在一周一天，大约生产 2500 万支香烟。

前四个礼拜没出什么问题，公司总部的家伙们对于我的努力也表示满意。我虽然升了职，但是并没有加薪，一年前因为赋税增加而资金储备越来越少，公司当时有此规定。正如之前提到的那样，共产党拒绝关闭工厂，而是要求公司从香港和英国汇款过来。两个工厂的 7000 名工人不得不一起共度时艰。

人们常常会问起，正常的生活究竟会不会回来，还会有新的战争吗？自从中国于 1937 年对日本全面对抗以来，经济的严重衰退带来许多无法言说的痛苦。无论是过去还是现在，混乱迟早都会结束。

8 月 1 日那天爆发了大规模的游行，那天也是人民解放军建军 23 周年之际。4 点整，重型炮兵部队鸣炮 23 响，随后游行队伍便在倾盆大雨中出发了。大型的招贴画和震天响的口号净是嘲讽山姆大叔和杜鲁门总统的。外滩有令人印象深刻的海军力量展示：7 艘驱逐舰整齐排开，此外还有 20 艘登陆舰（之前属于美国军队），上面竖立着枪支。水兵们齐刷刷地身着制服，纪律严明。对于以前俘获船只的彻底翻新和其整洁程度，给大众留下了深刻的印象。

9 月底，马尼拉电台的一则新闻报道说，数名民主德国士兵在朝鲜被美国人俘虏了，据说苏联人跟朝鲜政府达成协议雇用了志愿军。

自从共产党解放上海之后，我从来没见过行为不端的中国士兵。他们一直以来都谨慎小心，乐于助人并且极其有礼貌。这些热情的年轻人可以说是史上最优秀的敢死队员。

作为解放者来说，他们都是典范。相较之下，国民党把商店和房屋里能带走的东西全都席卷一空，撤退时军服也丢弃在大街上。在公交车站或有轨电车站，共产党的战士从来不插队或是拒绝付车资，而插队和拒付车资可是国民党士兵的拿手好戏！他们似乎随时准备好帮助行动不便的人站起，或是帮助妇女捡起她们不小心跌落在人行道的手提包。

通常情况下，无论是交通事故，还是其他什么不幸事件，中国人一般是不会想要去帮助受伤的人的。即便是将死之人或是浑身流血的人都不能激发起旁人一丝丝同情心，相反，他们会乌泱泱围成一片看着这个可怜人，直到有警察前来组织帮忙。

报纸上有报道说，一辆超速的军队卡车撞死了一名学生，于是军队将这名卡车司机判了死刑，并给死者家属补偿了丧葬费。在大学和死去学生亲友的要求下，军队给罪犯减刑了。

午饭时间，我一般喜欢到工厂附近散步，直到有一天，我的腿给流浪狗咬了，后果有可能致命，那时中国有许多人都死于狂犬病。我狂奔到巴斯德研究所（Pasteur institute）①。那里的修女告诉我这很危险，告诉我三项保命守则。首先，每天都要去看一下这条狗，如果在咬人十四天后它还活着，那么我也没什么危险。第二，如果狗在十二天后死了，那么就只剩三天，在这三天内，我得接受十五针注射，会直接在肚子下部注射，非常疼痛。第三，得杀死这只狗，并且检查它的脑部，这是唯一可以检查它是否携带狂犬病毒

---

① 今瑞金二路 207 号。1899 年 3 月，上海工部局卫生处建立巴斯德研究所，又称狂犬病治疗所，并向民众积极宣传狂犬病知识，使被狗咬伤者知道应去巴斯德研究所治疗。

的方法。我还算幸运，只用上了第一条。战争期间，母亲被狗咬过，接受了直接对肠道的注射，极其痛苦。

成功战胜霍乱之后，共产党开始推行提高卫生意识的教育计划。当局禁止随地吐痰，禁止在公共场所随地小便。在前共产党时代，当局在这些被污染的区域喷洒消毒剂——主要是来苏，但是这对于许多疾病都是无效的，尤其是可怕的结核病。

德国人凯撒学校的学生每年都要进行一次全面体检，包括粪便和尿液检查，接种霍乱、伤寒疫苗以及天花疫苗。五周内需要打三次霍乱疫苗尤其让人难受。我们大多数人手臂上半部分都通红，肿痛不已。有些人体质较弱，甚至会因为高烧而卧床不起；有些人则瞅准了机会逃学。老师说除非是懒到骨头散架，否则谁都不许请假。我和亚历克斯（Alex）是班上个头最高的，只要看到针扎进皮肤，立马会像电线杆一样笔直地晕倒。

20 世纪 30 年代开始，接种霍乱疫苗后会有一份证明，共三张，每一张上都会有官方的印章。没有这份证明的人就可怜了。许多中国人纷纷避开人行道上可怕的接种工作台，他们都像小孩一样恐惧到僵硬，十分害怕穿白袍的医护人员。政府布置的人墙距离伪装起来的接种工作台大概 50 米～100 米，想要逃走几乎是不可能的。有些人明白了是怎么回事，但依然试图溜走，会有人追上来，就像启斯东警察①一样在车流中追赶，最后还是得打上超大剂量的三针！

不过，一些具有生意头脑的人，自己会打好几次针，然后将注射过的证明文件出售给那些娇滴滴的人。有些人因为用药过量去世了，他们不只用药过量了一点点，也有钱了一点点！

---

① 见前文译注。

第十章　1951 年

由于俄语词汇量有限，这给我惹了麻烦。在英美烟草公司往返黄浦江两岸的交通艇上，我好几次都遇到了一位 60 岁的俄国女性主管，每次我都会友好地跟她用俄语"starhoa"打招呼，这是俄语俚语"starhoa kakaroah"的简写，意思是"祝您健康"。但是有一天，我把这句问候语跟另一个发音相似的词语"staroocha"弄混了。之前还十分友好的女士现在看上去错愕不已。她的鼻子扑粉过量，口红划过了自然的唇形边界，呈"弓"的形状，这张脸凝固了几秒钟后，她开始当着所有乘客的面对我恶言相向，我感到尴尬不已且十分恶心。那个词的意思是：精疲力竭的老马。

管理部经理这份新工作对我来说并不尽如人意。

听说杨树浦工厂管理部的经理被判入狱 10 年，我顿时因为肩负的新职责而感到十分忧虑。有台工业电梯的手柄突然失灵，将恰好踏入电梯的一名工人给压死了，无论电梯还是手柄都已"历史悠久"。这台电梯已经运行了 30 年，原本是用来运送烟草手推车的，几年前就该进博物馆了。管理工人的经理被判了好几年刑。

现在，我很害怕自己也落得同样下场，责任感让我感到不安，一直觉得自己可能一只脚已经跨入了监狱。只要想想数年的牢狱生活，我就心里一阵凉。

我终于有机会可以移民澳大利亚了。有位英国公民曾居住在上海，后来移居到了澳大利亚，他同意为我的良好德行担保，这个担保是澳大利亚政府的标准要求。战前，他随锡福斯高地兵团在上海公共租界服役，锡福斯高地兵团是英国军队的一支精锐步兵团。

我很快递交了离境签证申请，但是被拒并且没有任何解释。在英美烟草公司，我做的是基础性工作，并非不可替代，我学的专业也不是特殊种类。去年年底，英国工厂所有部门的人员都回国了，替代的人里有苏联人、中国人，当然也有无国籍的我。无论哪里出了问题，外国人总是最好的替罪羊，尤其是在维修部！

去年年底开始，欧洲人社区规模显著变小。许多家庭都去了天津，从那里搭船前往香港，前者是中国北方的一个港口，后者是世界航线的亚洲中心。尽管有国民党的封锁，一艘美国客轮还是顺利抵达了上海，这对英国人和美国人来说可谓欢欣鼓舞。离开中国代价很高，很多人不得不放弃几乎所有的财产、房屋，包括经年储蓄下来的金银细软和昂贵的家具。这让许多人感到焦虑和绝望，甚至有些人选择自杀。

有一对德国中年夫妇，是我们家很好的朋友，吞下氰化物胶囊自杀了。发现他们的时候，他们躺在床上，脚趾都已经蜷曲了。这对夫妇实在难以接受失去一生的积蓄、无数的纯银器皿、雕刻的象牙人像，两手空空地离开中国！

同样受此影响的一个英国寡妇，带着三个孩子冲着疾驰而来的火车跳进了铁轨。

我们熟识的一位德国女士，也在绝望之下用洗衣绳上吊自尽了。她绕着脖子打了两个死结，绳子另一端拴在门框上，双脚一抬，就被扼死了。

许多富有的外籍人士不得不忍痛割爱，尤其是那些已经离开祖国三四十年的人，他们在海外分公司都身居高位，薪酬优厚。数十年的财富累积下来，要么有漂亮的两三层的乡间别墅，仆役齐备，要么是储蓄了大量金条。现在，这一切都必须抛在身后！

澳大利亚领事馆已经通过了我的移民申请，允许我移居到奶和蜜之国了，这消息让我振奋不已，我已经能看到生活的新篇章了。信心十足之下，我向英美烟草公司提交了辞职信，祈祷中国能给我发放离境签证。

终于又有理由开派对了。这一次我们邀请了二十多个人，有苏联人、英国人、中国人、泰国人、澳大利亚人，还有几个"无国籍"的德国人。"墓碑"伏特加、可乐和啤酒很快就制造起了气氛。有个叫 Phut 的泰国人，十分友善，性格也沉稳，他将喝了一半的酒瓶放在了一个壁炉架上就去跳舞了。三个喝得半醉的苏联人抓起瓶子躲到厕所去，往瓶子里注入了相似的液体，然后悄悄又放回到壁炉架上。在这个炎热的夏日夜晚，渴得嗓子冒烟儿的 Phut 急切地拿过瓶子就喝下了一大口。这可怜的家伙，就像被闪电击中一样，紧紧抓住喉咙靠在壁炉架旁边，像尊石像一样，动也不动。温和的 Phut 瞬间从一个小精灵变成了暴怒的公牛。他一把抓住距离他最近的人，这人就是肇事者之一，他吓得发抖，指向了在阳台上一个昏昏欲睡的中国人。Phut 飞奔过去对着不知情的受害者毫不留情地双手出拳狂殴，我们连忙出手阻拦才没有造成严重的创伤。那三个苏联人吓得要死，脸色苍白得像京戏里的演员，立刻消失得无影无踪。

经过澳大利亚领馆医生的全面身体检查后，我终于拿到了地球另一端那个国家的入境签证。作为一个没有国籍的德国人，或者说没有旅行证件的德国无国籍人，法国领馆给了我一份由国际红十字会颁发的护照。事情缓慢而顺利地按照我希望的方向发展，然而还有一个跳栏需要跨越。

作为黄浦江的大门，长江口布满了水雷，经海路离开上海仍然极其危险。另一个抵达香港的办法，也是唯一的办法就是乘火车，这个比往北去天津再转去香港要便宜多了。由于被英国当局归类为"外侨"，我只能在香港停留两个礼拜。作为不超期停留的担保，我必须得提前购买好离开香港的船票或机票。然而，从上海汇足够的钱到香港十分困难，在那时几乎就不可能。如果海外拥有账户会比较理想。战争结束后，先父在德国的人身保险价值归零，损失了好几千德国马克。自从接管之后，共产党严禁所有货币外流，只允许外汇汇入中国，以此来维护在华外企的稳定，这些外企对中国经济至关重要。

只有通过黑市才能直接支付旅费给香港的客轮公司，但是服务费高得吓人，每笔交易需要支付 100％的手续费，花费颇巨。从上海带出价值 400 美元的金条，只是途经香港带到澳大利亚悉尼，就需要花费 200 美元。这样的做法也很有风险。你不会收到备注任何信息的收条，甚至连名字都没有。有些人很不走运，财产尽失，我还算幸运，拿到了汇出的钱财。

我和母亲，还有 17 岁的弟弟——全家一致同意，我先行前往澳大利亚，半年后，我再作为担保人将他们接出来。长久以来等待返回祖国的希望现在是彻底破灭了，尤其是见到我们在民主德国的亲戚的希望，至少几年之内是不必再有这念头了。我现在心情复杂地为即将离开中国做准备。

英美烟草公司各个部门的许多苏联和中国同事都羡慕我即将离

我、母亲和弟弟（1951 年）

开中国。不过，一名政治工作者很可怜我，因为"我自愿接受资本家的剥削和奴役"。除非有亲戚在香港，不然中国公民基本上不可能离开中国。许多人请求我在任何情况下都不要写信给他们，尤其是在西方国家的时候，这会招致几年的牢狱之灾，跟被抓住偷听"美国之音"一样危险。

大概 1.5 万名没有国籍的白俄，他们是俄国革命的难民且依然滞留在上海，现在在苏联领事馆的协助下返回了苏联。一旦回国，他们立即就能获得国籍。当然，大多数人内心还残存着第一次世界大战之后惨遭迫害的记忆。

当时有个流传甚广关于犹豫不决的笑话是这样的：

两个白俄，因为对苏联的情况不甚确定，所以决定其中一个人先返回，到达之后就寄一张自己的照片给同伴。因为信件会受到审查，如果照片里人是站着的话，就意味着一切都很好，或者说"打包好赶紧跟上吧"。如果照片里的人是坐着的话，就意味着"别来，情况很糟糕"。最终，这个人收到了一张照片，照片里的人是躺着的。

共产党开展了一场全国性的运动来消灭所有麻雀和老鼠，因为这两种动物会消耗已经日益减少的粮食。为了公共卫生健康，苍蝇和蚊子也在消灭之列。国家极其彻底而全面地推动着这场运动，其严肃性只能在战争中才能感受一二。扑杀数量能够破纪录的个人立即成了国家英雄或者获颁勋章。房顶、树上、市场和整个乡间全是捕捉麻雀和苍蝇的陷阱。无论是在城市还是乡间，人们轮流坐在屋顶赶走企图降落的麻雀，地面也在进行着同样的活动，麻雀在空中飞得耗尽力气落了下来，人们立即扑上将其杀死。短短数月内，无数的麻雀不得善终。

　　共产党在中国现代史上是独一无二的，他们认为苍蝇导致了肠道传染病、斑疹伤害和痢疾等等。这里根本没有污水处理设备。冲水的厕所只见于高层建筑和西式建筑，主要在上海的两个外国租界和一些沿海大城市里。对于上述两种害虫的宣战，大规模地消灭了麻雀和苍蝇。在本地的鱼类市场里，连一只苍蝇都见不着，真是丰功伟绩！

　　自来水在饮用之前是需要烧开的。洗澡水也需要消毒。加入小半勺高锰酸钾，作为浅层伤口感染的预防性措施来说，已经足够了。赤脚走在草地上也是件很危险的事，钩虫会通过人皮肤上的毛孔进入身体内，再经过血液循环到肝脏里，不过这医治起来比较容易。

　　我离开上海前往香港的行程近在眼前，进展虽然缓慢，但是是确定的。共产党政府终于审核了我的出境文件，英国政府也确认了我经由香港离开的签证。隧道尽头仿佛有了亮光。

　　离开上海的前两天，我在外滩雇了一艘小船到浦东，从那里望向浦西的全景，与我的出生之地做最后的道别。选择永远离开我生活了26年的"故乡"，我总觉得自己是个多愁善感的傻瓜。所有回忆浮上心头：我的青葱岁月，在政治动荡中许许多多中国人的苦痛，那些街道上的泥土和口水，1949年以前那些乞丐和半饥不饱的人们的挣扎等等。现在在共产党治下有了新秩序，消除了饥馑和随地吐痰，人们充满了民族自豪感。

　　我在澳大利亚的未来会怎样？日常生活中没有中国人对我来说完全无从想象，今后生活在全是高加索人而中国人是绝对少数的环境当中？这些想法萦绕着我，居然让我未离开前就开始思乡了！

　　这个百万人口的大都市有什么迷人之处呢？她既没有山峦，也

从浦东看到的外滩

没有森林，只是一片由长江带来的淤泥形成的平地。不知怎么的，我总想找寻出上海的一些缺点、短处或是其他的理由来减轻我即将离别的伤感，至少能让我试着去相信她的确有这些缺点！上海的苦夏让人难以忍受，冬夏都十分潮湿。我那些来自不同国家的朋友，有的永远离我而去，其他的都散居在世界各地。这作为离开上海的理由再好不过了吧？

我的思绪飞回到高一那年的一堂德语课。有一个故事我记得特别清楚，"……还是格尔道恩①更美"。故事讲的是，东普鲁士有个小村庄名叫格尔道恩，一个女孩成长在这里。格尔道恩没有任何草木，漫长严冬里，寒风呼啸穿过整个村庄。每年，这个小姑娘都会去她阿姨家度假，阿姨美丽的家在黑森林（Black Forest），然而她还是因为乡愁，无比盼望回到格尔道恩。一个人出生和成长的地方在他心里永远是至高无上的。对我来说，这个地方就是无可比拟的上海！

我于7月中旬离开上海，离开那天他们搜查了我的两个手提箱，看看是不是携带了金条和美元。时局还好的时候，我存下了一个金匠式样的21克拉金领带夹、袖扣和其他的表带上的饰品，这些我全都攥在手里放进口袋，成功带出了海关。

母亲、弟弟和朋友跟我在火车站告别，很快火车就向香港出发了，总共2600公里的旅程。一尘不染的车厢内，小包厢既没有门也没有窗帘，只有两张可折叠的铺位。我选择了上铺，但是下铺住了两位年轻的中国女士，这让我感到很为难，要换衣服该怎么办？！换衣服只能在毯子之下进行，简直是荒唐！国家似乎在不分昼夜地

---

① Gerdauen，1946 年前叫这个名字，现在俄罗斯境内，属于加里宁格勒州。

监视你。有一两次，我会把裤子反过来穿，这样的话，一条裤子可以穿四天。第一次正穿，第二次反穿，第三次和第四次再重复一次！

自从中国有铁路以来，火车上的食物主要就是什锦炒饭，配一片美味的北京烤鸭鸭皮。米饭吃起来一般，但至少量大管饱，口味不足也就算了。一杯绿茶有助于化解鸭皮的油腻，玻璃杯20厘米高，里面四分之一都是茶叶，会有乘务员来帮忙添开水。一个窗户厚度的方形玻璃盘放在杯口用以保温。一开始，茶叶都浮在上面，泡好之后，茶水能烫得你满口起泡。重新添水还能再续上几杯。糖是从来不加的，甜味的茶不是中式风格，而且糖会破坏掉茶的香味。品茶一直以来都是中国人热衷的消遣。

这趟旅程无聊至极，尤其是我还没有地图，因为只要拿地图就会被认为是间谍。乡间的景色单调乏味，尽是无边无际的稻田。只要望向窗外，水田反射的阳光让人感到刺眼，车厢内感觉更加潮湿闷热了。

我在上铺就寝的第一个夜晚是个灾难，因为做噩梦，我从床上摔了下来。醒来的时候，我发现自己在地上，之前提过的两位中国女士正在不无担心地安慰我。她们把我扶起坐在她们大腿上，我的头枕进了非常柔软的胸脯里。我顿时受到了抚慰，可能需要很久很久才能恢复过来！

我是个神经高度紧张的人，在炎热夏季的夜晚，偶尔的噩梦或是前一天的兴奋都会让我起来梦游。有天早晨，我醒来后发现自己的毯子依然是盖好的，但是已经穿了件已经扣好了的雨衣。晚上我肯定是挪开了蚊帐，而且像以往一样，往顶上打了个结。1940年，还在华北参加希特勒青年团的时候，我熟睡时会咆哮或是唱歌。作为"奖赏"，帐篷里的同伴会往我嘴里倒半瓶爽身粉，然后再往我鼻孔里挤牙膏！

第二天，火车经过了荒凉的山谷，两侧山上全是花岗岩和各种大小的鹅卵石，看上去就像是月球表面，遥远广袤，寸草不生。火车停留了几分钟。乘客们都下车沿着铁轨走走，舒展筋骨。有两个金发碧眼的苏联人或是德国人，像是军事顾问，他们跟所有乘客都保持着一定距离，我想要跟他们打招呼，但是他们却无视我。从1950 年年末开始，上海配备了数十名顾问，有一段时间，我发现有好几个年轻能说德语的"特别顾问"，但他们又十分让人难以接近。乘火车旅行的时候，所有人都得接受全面彻底的身体检查，尤其是女性，以防携带金条。我还算幸运，没有被抽中接受这种让人上下其手的检查，不过我也没有什么要隐藏的就是了。

终于平安无事抵达了华南的广东省。乘客们被安排入住进了一间普通的酒店，但是其实非常奢侈，这里没有折叠床，而是有着舒适的弹簧床垫！

次日清早，我就探索了一下酒店周边，在人力车夫和苦力光顾的小破餐馆吃了碗热面条当早餐。所谓的"餐馆"可以说完全是麦当劳的反义词，地面是坑坑洼洼的泥地，十分"亲近自然"，凳子是木板凳。作为一个外国人，我也一如既往地招致了许多苦力的张嘴围观。

最终，火车载着前往香港的人们，包括你们真诚的"ngagonings"① 或者说白人鬼子，行进到了一个叫作 Shumshun② 的小镇，这里是

---

① "外国人"的沪语发音。
② 中文名不详。

中国境内旅程的终点，也是紧邻大英帝国直辖殖民地香港的地方。一条废弃的铁道横跨在大约百米宽的河流上，意味着这里是中间地带，两端都设置了铁丝网。

带好了中国出境证件，我拖着两个沉重的行李箱穿过了一片机关枪网，曳步而行踏过铁路枕木走到了英国辖内，笑得合不拢嘴。一名英国官员检查了我的入境证件，然后指出这些并不合规，大概有 6 名警察拦住了我的去路！我轻声自言自语道："我的老天，他们不会让我入境的！"我的欣喜之情转眼消失殆尽，拖着自己连同行李箱，面对着四把步枪和两挺机关枪，回到了共产党辖内，这行李箱现在简直有千钧之重。我突然想到，我现在没有可以让我返回中国的文件！脑子里顿时冒出一个可怕的念头："难道这座桥就是我以后的家了？"当发现自己没携带食物和水的时候，我深深感到自己被遗弃了，害怕得就像个失去双亲的小男孩。最终，两小时之后，英国边境控制一边喊我一边做手势让我过去，我的文件终于通过了。候车两小时后，我再次踏上行程。九龙位于大陆的最末端，面临香港岛，32 公里的路程花了 20 分钟，我在最后一节车厢喝了三罐啤酒，这是我第一次见到移动吧台。住进卡那丰（Carnarvon）酒店后，我爱上了这里的淋浴，足足冲了 30 分钟来洗去一路的尘土和汗渍。太舒服了！

第二天，当地报纸的头条是"供水形势严峻"。我脑子里闪过一个念头，难道此事与我有关？香港一直以来都很缺水。在共产党于 1949 年接管之前，香港所有的供水都来自中国内地。因此，与内地新政权之间的敌对关系迫使香港不得不从海上运来黄金般宝贵的淡水。香港的岩石地面根本无法向下钻孔取水。

由于没有牧场，香港长期以来都缺少牛奶，这让牛奶成了奢侈品。整体来说，中国人并不爱喝牛奶。在上海，英国人的可的牛奶公司（Culty Dairy）满足了在沪 6 万欧洲人喝牛奶的需要，提供巴氏灭菌乳。但如果人再多些就无法保证供应了。相较之下，一些中国人开的小型乳品厂则供应便宜一些的牛奶，这种牛奶没有经过巴氏灭菌法消毒，欧洲人对此不以为然，因为这种牛奶让人有染上结核病的风险。

说到我被迫短暂滞留 Shumshun 的经历，一个白俄也有类似的悲惨遭遇。这个人没携带任何证件，偷渡到了香港，之后打算乘船前往葡萄牙的殖民地澳门。抵达澳门后，当局拒绝他入境，因为他没有任何必要的访客通行证，而他回到香港也因同样的原因被拒绝入境。这家伙立即上了全世界报纸的头条，他只能不断地乘坐渡轮往返于港澳之间，达数月之久。直到联合国介入，他才得以以移民身份进入某些国家。

香港——大英帝国最后的都市，远东最迷人的游览胜地，展现着资本主义之下各种文化的交融。有钱人住在他们富丽堂皇的别墅，而每天挣扎着生存的人们住在高层公寓或是停泊在水面的小船里。太平山是香港岛最高峰，有缆车可以上山，某些地方会有六十度的陡度。钢缆在每一站都会像橡皮筋一样伸张和收缩，这种感觉难以描述，就像肠子在胃里绞一样！这种特殊的"高山"缆车，据说曾经出过两次事故，当时乘客全部丧生。

太平山山顶视野极佳，高耸的建筑、中国内地和许多将香港岛分离开的岛屿都尽收眼底。许多奢华的公寓都坐落在附近山里，在云中时隐时现。这些豪宅都配备了特殊的干燥室来应对永不消退的高湿度。"云中居民"任何时候想要畅泳一番，就给山下打电话，这样就能确保在知名怡人的浅水湾有席位可以享受阳光。

香港的维多利亚港

香港的浅水湾

虎豹别墅①是最为引人入胜的景点之一。一位亿万富翁建造了这座大型白色大理石宫殿，他被人称作"虎标大王"（Tiger Balm King），他靠卖一种神奇的软膏发了家，这种软膏号称能治愈百病，被装在小圆罐里，上面有个老虎作为商标。

犯罪活动让军警坐立难安，他们常在街上公开追捕犯人，不时擦枪走火。有几个葡萄牙籍的年轻人就对我图谋不轨。某天夜晚，我和女朋友在九龙散步，这几个混混立即盯上了我们，他们手里拿着弹簧刀，咒骂着威胁我们。我们选择完全无视。我们后来知道，即便是最微小的反应也会轻易招致抢劫和刺伤。我很高兴最终能作为一个没有受伤的懦夫离开香港，而不是一个拄拐的英雄——一点也不想！

8 月初，史上最严重的台风袭击了香港，我不得不将出发日期推后了一个礼拜。这些具有破坏性的台风一般都会袭击上海到越南之间的这段海岸线。台风几乎将整个村子都吹走，剩下的小房子也摇摇欲坠。许多家庭只能生活在小船里，或是通过脆弱的绳索连接起来的船阵里。

就像在上海一样，住在船上的人们会在孩童身上系上绳索，另一端套在腰间，这是为了防止摇篮过于接近船沿。不过即便做好了所有预防措施，还是几乎每天都有儿童溺水死亡。

在香港停留期间，这里的夏季温度已经超过了 40 摄氏度，此外还湿热难耐，湿度接近饱和。跟上海一样，夏天是一年当中最难熬的月份。

---

① Tiger Balm Palace，应该是 Tiger Balm Garden，位于香港岛大坑的大坑道，邻近励德邨的住宅群，是已故商人胡文虎建造的一座别墅，胡文虎是虎标万金油的创始人之一。

　　终于，告别香港的日子到来了。我登上了太古轮船公司的太原轮，这艘轮船有 4000 吨位，十分漂亮。这艘货轮的乘客设施有限，除了澳大利亚籍船员之外还有一名中国船员。无聊至极的 10 名头等舱旅客，包括船长和船员们，很快就加入游客区 20 人的行列中寻欢作乐。一位美丽的澳大利亚护士完全忙不过来，因为船上 90% 的男性乘客都假装晕船。

　　乘客当中有我们家的朋友，这一家的男主人受雇于博世（Bosch）上海分公司，接下来他要加入位于墨尔本的澳大利亚分公司。在海上的第一天，他美丽的俄国妻子躺在甲板躺椅上晒太阳，裸露出大片肌肤享受阳光与海风。这可怜的女人大腿都被烤得半熟了，大腿雪白的肌肤被晒出了两个大水泡，前往悉尼的旅程为期十二天，头一个礼拜就已经让她痛苦不堪。最终，船上的医生处理了那两个大水泡，对渗血的大腿做了消毒处理。船上一半乘客都被晒得昏昏沉沉的，红得像龙虾一样，他们脑袋充血并对此抱怨不已。其他人晒伤的皮肤如同灼伤过一般，活像腌鲱鱼。

　　跨越赤道时，所有乘客无一例外都得接受"海王尼普顿"仪式[①]的考验。这个仪式从三等折磨开始——只是看起来如此。"受害人"被蒙上眼睛绑在椅子上，椅子就在一大片帆布制成的"游泳池"旁。之后会往他嘴里灌肥皂水，并塞进一条还有鳞片的鱼，30 厘米长，一半会塞到喉咙里去。这不幸的乘客最后会很狼狈地摔倒在一片盐水里，被淹到水里三次，每次 5 秒，结束后，他看起来就像只淹死的老鼠。我的鼻窦受到严重的冲刷，每当我弯下

---

① 水手间的一种过赤道仪式。根据古老传说，赤道海域为海王尼普顿的领地，当船只通过赤道时，海王尼普顿就会登船，对船上第一次通过赤道的人进行连串考验，通过者方能成为"可靠的老水手"，在仪式中，通常会有人扮演海王。

腰，海水就灌满了鼻腔。那天晚上，我在餐室弯腰取餐巾的时候，重力帮我把剩下的海水全都倒了出来。被拖到海王尼普顿①跟前的时候，一些女乘客奋力挣扎号叫。有三位年轻女性将自己反锁在船舱里，但是其中两名逃兵很快被抓了回来，被迫接受了这种洗礼。不过，第三名体重稍微过重的女士平安无事，因为她真的给卡住了。最后，用了一整桶肥皂润滑剂，掉了许多眼泪后，"肥胖的鳗鱼"挤进了客舱，不过这也让她躲过了第二次海王尼普顿的恶作剧。

到达悉尼的前两天，我们的船遇到了强度 10 级的风暴。那时，我正准备去位于轮船螺旋桨正上方船尾处的洗手间洗澡，通过舷窗看到大海开始暴怒起来，即便是乘坐过山车也无法与这种恐怖相比。这一秒还是完全被海水淹没，下一秒就只能见到云层并能从高处俯视，船的螺旋桨完全暴露在外面运转。最终，我尝试用海水装满了浴缸的四分之一，这才有点稳定下来。我就像坐在一个巨大的跷跷板上，不断起起落落，在某个点我看到自己跟浴缸，连同着洗脸池和肥皂一起跌落。然后，我又重重地跌回了浴缸。我没办法搓起泡沫，更别提是用海水了，最终只能重重地摔了一跤，导致身上有点淤青。

晚上在昆士兰沿岸看到的景象令人难忘。我们的航线距离陆地有 10 公里。50 公里之外发生了一场森林大火，即便是透过群山和平原，火光和烟雾依然闪烁在其间，这是我记忆里最怪诞的景象。

我们很快就抵达了悉尼，连续十二天的航行结束了。澳大利亚，我来了！

---

① 有人扮演海王的角色。

不知为何，我对未来惴惴不安。毫无疑问，澳大利亚人民会张开双臂欢迎我——我的一位英国朋友是这样认为的，他在我的签名册里写道："在人口稀少的澳大利亚，你的存在将会受到珍视！"

译后记

本书节译自沃尔夫冈·特律格尔先生（Wolfgang Troeger 1925——）的回忆录 *Growing up in Shanghai*, *Experiences of a China - German 1925 - 1951*，该书由德国劳夫威勒（VVB LAUFERSWEILER VERLAG）出版公司于 2013 年以德文和英文双语出版。

特律格尔先生是上海德国侨民。1925 年，他出生在上海法租界亚尔培路（今陕西南路），父母均来自德国萨克森州的莱比锡。父亲是上海一家从事军火等贸易的公司——礼和洋行的工程师。从出生到 1951 年离开上海前往澳大利亚，除了短期回德国居住，特律格尔先生主要生活在上海，在上海度过了他的童年和青少年时代。

特律格尔先生在上海生活的这个时期正是上海变动最大的时期，也是近代中国最为动荡和多灾多难的时期。他不仅见证而且亲身经历了上海淞沪抗战时期的炮火连天、抗战胜利后国民党接管时期的混乱无序和解放初上海焕然一新的气象。特律格尔先生的自传从其出生时写起，逐年记述自己从读书到工作的各个时期的经历及所见所闻，其中重要的个人经历包括在中国抗战爆发前，年仅十岁的特律格尔在上海参加了德国少年团，后又加入希特勒青年团，并参加一系列的训练；抗战结束后，他一度在驻沪美军的车辆修理厂当修理工，还为美军开过救护车；上海解放前后又在英美烟草公司工作，其间亲历过国民党败退上海时对英美烟草公司的大轰炸。同时，特律格尔先生在回忆录中还饶有兴味地回忆他的家庭生活和童年以及青少年的许多趣事，为今天人们了解上海外侨社会生活提供了一个鲜活的个案，对于推动上海外侨研究的深入，具有一定价值。此外，回忆录中对包括犹太人难民和俄国难民在内的上海外侨社会的状况，特别是上海解放前后上海外侨撤离情况也有所反映，亦具有重要的史料价值。

1951 年离开上海后，特律格尔先生一直居住在澳大利亚的布里斯班。他十分怀念自己在上海度过的青少年时代。依据自己多年保存的日记、照片以及亲友们保存下来的书信等资料，特律格尔先生撰写了这部史料价值和可读性兼具的回忆录。

2010 年，特律格尔先生携家人回到上海，重访故地。在上海停留期间，他登上了东方明珠。由东方明珠眺望外滩和南京路，上海的巨大变化令他感慨万千。这次回上海，特律格尔先生还放开胃口，大吃了一通臭豆腐——当年他最喜欢的上海小吃。2016 年，因录制"上海的回忆"访谈结识特律格尔先生的美籍华人项慧芳女士向王敏女士推荐了特律格尔的这部自传。其时王敏女士为上海社会科学院历史所研究员，多年从事近代上海外侨研究，并致力于收集相关资料，因此将特律格尔先生的这部自传列入翻译和出版计划，并得到德国劳夫威勒出版公司的授权。上海社会科学院的杨璇女士利用工作之余，历时 2 年，完成该书翻译工作。本书翻译还得到了特律格尔先生本人和生活·读书·新知三联书店编辑韩瑞华女士的帮助，特致谢意！

2019 年 10 月 6 日